U0009509

LOCUS

LOCUS

catch

catch your eyes ; catch your heart ; catch your mind……

Catch 225

黑的扭蛋機

作者　Emily
編輯　連翠茉
校對　呂佳真
美編　許慈力

法律顧問　董安丹律師、顧慕堯律師
出版者　大塊文化出版股份有限公司
台北市 10550 南京東路四段 25 號 11 樓
www.locuspublishing.com
讀者服務專線：0800-006689
TEL：(02) 87123898
FAX：(02) 87123897
郵撥帳號　18955675
戶名　大塊文化出版股份有限公司
e-mail:locus@locuspublishing.com
總經銷　大和書報圖書股份有限公司
地址　新北市 24890 新莊區五工五路 2 號
TEL：(02) 89902588（代表號）
FAX：(02) 22901658

初版一刷　2017 年 2 月
ISBN 978-986-213-772-7
定價　新台幣 260 元

版權所有　翻印必究
Printed in Taiwan

黑的扭蛋機

Capsule stories

Emily — 文/圖

序 扭開我那平凡又彆扭的小人們……

從前發表的文字，不是隱藏在貓的背後，就是以異地人生活在台灣的身份，書寫日常的觀察與情感，彷彿只能依附於典型的、明確的角色扮演。其實很多時候會想，膽怯又渴望地想，脫下這些糖衣，更孤單但更真實的去寫，沒有貓的可愛溫馨加持、除去文化差異的生活小確幸，會不會還有人樂意看？願意閱讀這一個人，不知算不算小黑暗卻在腦袋揮之不去的奇怪念頭，或許從中能看到有些跟你一樣，或不一樣的風景？

曾聽說小說比散文更不修飾地暴露寫作者的陰暗面，我在寫這些小故事時，卻享受前所未有的自由和樂趣。列出一堆想法，抱著電腦不停打字，囤積內心已久的一群平凡又彆扭的小人，終於有機會釋放。過程中任性地不管出版壓力，試著毫無顧慮與計算，記下心頭的想像，有些是積壓已久的石頭，也有像風吹來的細沙，化為數十個小故事與片斷。回頭檢視，似乎一切都關於疑問。

所有故事都源於對生活的一些「為什麼？」，然而很多問題也沒有標準答案，只能衍生出種種「如果……」。如果這樣那樣、如果是真的，那會怎樣？最後收錄的四十篇極短篇，裡面有人軟弱卑微，有人幼稚無聊，有的苦澀有的天真，大都困惑迷失、無法信任這世界，包括自己，都在矛盾與限制裡掙扎，也許就像你和我。

我常覺得人是複雜的混合體，若被便宜地歸類會使人沮喪，最常見是：這個人很幸福、很單純，或是美好、邪惡、優秀、失敗、有用、無用⋯⋯但實情那有這麼簡單。蒼老可以與天真並存；感恩的背後也許是苦澀；知足說不定完全出於對失去的恐懼；信仰當中要是沒有懷疑反思，不過是盲目的躲藏而已。我不相信親切的人內裡沒有陰鬱，我相信表面平庸的人一定也有豐富燦爛的一塊，沒有一個人是單純的。只是我們大部分時候都累，若能輕易定義，誰耐煩費心探討。我艷羨的小說作品與異想故事，作家就是不厭其煩地挖掘人心幽微潮濕的角落，讀著感到終於有亮光照到自己不見天日那一角。遺憾我沒有功力寫深入的長篇故事，這本書只是興趣盎然地拋出一些想法，短小迷你，一個一個就像扭蛋。期望它們能夠轉動某些機關，讓人看著也一起問「為什麼」與「如果」。

扭蛋不是數千塊的積木模型，不是令人驚嘆的巨型玩偶，在玩具王國當中，扭蛋只是認份待在店門外的小玩意。路過的人有些視若無睹，但總也有些會緩下腳步看看，主題若能勾起一點兒期待，便投下數個零錢，咔嘞咔嘞扭出一個小膠球。也許打開內容，是剛好能夠點綴今天的小驚喜，讓人會心一笑、玩味片刻。我希望這本書能像一台扭蛋機，能夠引起你的好奇，而裡面裝載的，是我對人世生活的好奇。

目次

許願商店

把你想要的説出，有時候得到，有時候不。許願是立於不敗之地的騙子。

舊城區一條石板巷弄的左手邊，一間看似有點歷史的小商店。深桃紅色的木窗框和門感覺溫潤低調，門上的玻璃用優雅的書法字體寫著：許願商店。

推開門看到約十五坪的空間，展示著各種可供許願的物件，角落一株許願樹，架子上有聖母像、水晶、礦石，挑高的天花板垂下來一輪新月，還有流星雨、彩虹，走進最裡面，還有個可以丟銅板的許願池。

這家店給人一種安靜，讓人就像來到許願的那一刻，充滿期待的闔上雙眼，因為幻想著美夢實現而幾乎上揚著嘴角，為了虔誠不自覺壓抑呼吸。仔細觀察的話，會注意到這家店生意相當好，但不擁擠，靜靜來去的人流不絕，步伐有種喜悅的焦急。

可是，許願商店一開始並非這麼受歡迎，很長一段時間曾經乏人問津，冷清清。那已經是多年前的事了。某天黃昏，難得有位客人上門，一名穿著長褸戴軟帽的中老年男子，站在門外盯著玻璃上的店名，好一會兒才推門進來。他環顧檢視每一項商品，目光最後停留在年輕老闆的臉上。

男子猶豫片刻，眼神閃過一抹善意，發出低沉的嗓音向老闆說：「你想要生意變好嗎？還是沒有客人也沒關係？」

年輕老闆說：「我當然希望生意好一點！明明店裡的東西都是精心挑選，價格也公道，服務很用心，可惜生意就是做不起來，好幾次都想關掉算了，卻又捨不得。」不知不覺他就對著眼前的陌生男子傾吐起來。

「如果你願意，只需把店名改一改，保證生意興隆。」男子看著他。

「要怎麼改？您是算命老師嗎？請指點一下！」

「那我問你，為什麼店名叫『失望商店』？」

年輕老闆誠實的回答：「因為我這裡賣的商品，都能用來聆聽人們心底的欠缺和失落。像生日蠟燭、聖母像、流星、月亮，我希望能夠賣給心靈需要慰藉的人。客人帶回家，就能向它們訴說內心深處最渴望卻又無法滿足的事，說完就能舒坦自在。所以叫作『失望商店』，因為這裡每件貨品都像是傾聽的耳朵，專門承載殘缺人生的失望。」

男子輕輕點頭，彷彿頗為這位年輕人的初衷感動。「我明白了。更覺得你的店應該換一個名字，讓更多人願意進來得到幫助、買到安慰甚至快樂。」

「要叫什麼名字呢？」

「改作『許願商店』。」看見年輕老闆一時之間無法接受，男子耐心解釋：「我不是叫你欺騙顧客。你賣的東西的確用來背負失望，例如生日蠟燭，許下的願望可能到下次生日也未能實現；聖母像聽了無數的祈求告解，也沒有改變已發生或將要發生的事；流星雨一次上萬粒碎石傾灑下來，凝視夜空的九千九百個人內心的呼喊最終還是沒有成真……沒錯，確實如此。可是，大家享受傾吐願望的剎那，也是真的。叫作『許願』甚至比『失望』更貼切，許願是當下的動作，至於事後是否失望，也不該由你去預設或定論，你說對吧？」

年輕老闆被男子說服了，把店名改作「許願商店」，從此生意止跌回升，最高興的是不單單顧客變多，且每個進來買東西的人，莫不帶著滿足愉快的心情離開，一切遠比單純想要安慰人心失落的原意更好，現在他出售「希

望」，儘管許願之後的結果未必……呃，那不重要。著眼當下不去臆測未來，即使心裡有數也不說破，各得其所、皆大歡喜，世人要的是這個。

白日夢量販包

有人怕做噩夢所以不敢睡覺，有人埋頭大睡因為現實更像噩夢。

小時候他覺得不快樂，習慣從幻想裡獲取安慰。最初，從翻看玩具目錄開始，他認真挑選心儀的玩具，牢牢記住照片裡的每一個細節，然後速速躲進被窩，隔絕外面的現實，在黑暗中投入白日夢的世界。

他是個有點過分認真、計較邏輯的男孩，心想若要擁有這麼高級的玩具，他現有這對勞工階級、年紀略大、粗魯保守的父母，就得換成年輕俊美、開明慷慨、寵愛他這寶貝獨生子的爸媽。這麼一來，有了體面的父母，當然就得換間寬敞亮麗的家，自己可以單獨擁有完美的房間，房內每一個角落都不能忽略，平日他從電視或廣告見過許多幸福小孩的房間，那些影像記憶此刻正可派上用場。

運用想像力完整搭建一幅逼真的場景，往往花掉他一兩個小時。父母和兄姐偶爾會罵他懶惰貪睡，但並未妨礙他繼續建造私密的幻想國度。

小時候想像擁有玩具、體面的父母和富裕的家庭，長大一點幻想成績優異、受老師和同學愛戴；青春期幻想自己外貌出眾、有一群好朋友、和隔壁女校校花交往。他聽很多情歌，看愛情漫畫，下載影集和電影，還偷看A片，為的就是能夠周全的想像談戀愛和完美生活的所有細節。

現實裡的他才貌平庸，無論從哪個角度看都是個肥胖又長痘痘的男孩，怎麼看都不帥，所以他不喜歡照鏡子。他沒有朋友，雖有一兩個比較熟的同學，卻也談不上知交。大家下課約去麥當勞、星巴克，或偶爾看電影、唱ＫＴＶ，他因為沒錢又沒什麼衣服穿而推卻，回家躲在房裡，縮在長大後已顯得窄小的單人床上，搭建自己的虛擬世界。

青春期的幻想，經常以自慰作結，完事後心靈與肉體都得到紓解，漫長的下午就這樣被幻想打發，感覺很滿足，雖然隱隱知道長此下去對現實世界毫無幫助。

面對高中畢業和聯考，再不長進的同學也開始考慮前途問題，他也不禁擔心。以他的成績，國立大學鐵定無望，私立的不見得能進到什麼理想學系，還有學費也是壓力。

越想越無解，又只能逃回棉被下的無憂世界。

有次，嘴饞帶了一包科學麵進被窩，邊吃邊幻想美好生活的某個情節，吃著吃著不小心睡著，醒來看到一束柔和的光芒從科學麵的包裝袋滲出，打開一看，只見一團流動的幻彩光雲——剛剛幻想的情境竟然全藏進袋子裡去了！原來他的白日夢扎實到能夠包裝起來！

就此，意外的發現改變了他的人生。

他到包裝用品店選購各種大小適中的包裝袋，回家反覆測試，以便把他想像的各種理想生活一一包裝妥當，然後精心設計說明，架設網路賣場開始販售。大學根本不必念了，反正念到博士畢業，出社會的收入也遠不及販賣白日夢。他騙家人說找到在家架構網路賣場的工作，以日夜顛倒為由，搬去租來的小公寓。

獨居讓一切更自由更順利。一天大概花四五個小時，開著冷氣、蓋上棉被製作白日夢，最初主打甜蜜戀愛、俊男美女、成功富裕和擁有美滿家庭的白日夢組，業績驚人的快速成長。可是並沒有引起什麼談論，可能因為購買白日夢的人都想保持低調，或者為自己的妄想感到不好意思。但賣場卻收到很多感謝他的悄悄話。後來有買家要求彌補童年不快的白日夢，他因此特地做了回憶兒時的幻想，製作一批快樂童年、完美父母的白日夢包。同樣為了回應市場需求，陸續又增添明星夢、天才夢、出人頭地夢系列。除了做夢、包裝、出貨和維護網站，其餘時間就用來看電影、雜誌、小說、各種消費DM，和上房地產網站看豪宅，為做夢蒐集素材。

年歲越長經驗越多，他編織出來的白日夢更臻完美，即使價格調漲多次，顧客仍然絡繹不絕。生意興隆讓他能夠搬離租屋自購房子，而且一間比一間高雅舒適，當然不是暴發戶的那種豪宅，看多家居雜誌，他可是養成有品味的人了。

撫心自問，他為這樣的人生感到非常幸運和滿意。雖然真實的他依然外貌平庸，不具任何社會大眾認可的才能、家庭關係疏離、沒知己，也沒愛人……但是在幻想世界裡，這一切的一切他不是都擁有了嗎？現實與幻想真的有差別嗎？既然美好的幻想和快樂的感覺佔據他大部分清醒的時段，真實的日常又因為販售白日夢而過得優渥自在，何嘗不也是一種完美生活。

至少，他比那些買家幸福得多，他們對現狀不滿又無力改變，連做白日夢的本事也不夠強，只能用自己恨惡的工作所得，跟他購買一個昂貴的夢，逃避片刻。

「好險，」他想，「幸好我忘記自己是誰的能力，比誰都強大。」

小獸

想像力最終的功能，是找到一個地方安放自己的魂。

這天，小學校來了一位獸醫，他把一群小獸分配給每一個小孩，說：「牠以後就屬於你，每一隻小獸都是獨一無二，可以陪伴你們一輩子。如果把小獸照顧好，困難時牠就能幫助你，平淡時帶給你歡樂。」

孩子們也沒問為什麼，只管開開心心收下，有的把小獸藏進口袋，有的抱著，有的牽著，自自然然的就視小獸為最親密的朋友，此後不管到哪裡都形影不離。

半年後，獸醫來替孩子們的小獸檢查。一個男孩已經把小獸養成一隻巨大的劍龍；一個女孩的小獸跟她長得一模一樣，綁著辮子像個迷你的她；另外還有長了尖角的粉紅長毛象、開動便會噴發彩虹的戰車、有手腳和尾巴的香軟毛毯，還有更多無以名狀的型態。醫師稱讚道：「你們的小獸都養得很好啊，牠們有聽話嗎？和牠一起玩得開心嗎？」

一個小孩率先分享：「牠常常肚子餓，餓了要吃超級旋風，我會騎著牠飛向太空找食物。」

另一個說：「牠開心時會散發果汁糖的香味，帶我去了很多漂亮的地方。」

有個小孩接著說：「我這隻會變成恐怖的大怪物，晚上，我一個人睡的時候，會把我帶去黑漆漆的房屋，還想吃掉我！」

醫師關心的問：「那你當時怎麼辦？」

孩子說：「我哭，叫外婆，她進來幫我開燈，陪我睡，怪物就慢慢變回乖小狗了。」

醫師說：「是這樣沒錯，牠會帶人到最美麗的地方，也帶人到最可怕的地方；會讓人開心，也會教人恐懼。如果牠老是嚇得你很害怕，請記得你才是主人，無論牠變得多麼巨大，你都有能力馴服牠，千萬不要被牠打倒。如果牠不乖，你找些事情做，例如唱歌、找人玩或說說話，都可以，小獸立刻就會漸漸安靜下來。」

醫師說完，轉頭看見一個男孩身邊沒有小獸的蹤影，便問他：「你的小獸呢？」

男孩打開書包，抽出課本翻開來，小心地把已經被壓得小小扁扁、奄奄一息的小獸捏出來。

醫師看著他的動作，問：「你不喜歡牠嗎？」

男孩說：「媽媽說牠髒，不能養，要我丟掉。但牠還是偷偷跟著我，我只好把牠藏進書包。」

醫生憐憫的撫摸小獸：「牠好像很久沒吃東西，餓扁了。」

男孩難過起來：「牠會死嗎？」

醫生：「你希望牠死嗎？」男孩搖頭。「你平常有沒有獨處的時間？很短也可以，你會自己洗澡嗎？可以把牠藏在衣服裡帶進浴室，在浴缸跟牠玩；你會一個人上下課嗎？可以在校車上放牠出來，一起看外面的風景。或是跟大人吃飯時，悄悄讓牠在餐桌下出來透透氣。」

男孩又搖搖頭：「媽媽替我洗澡、開車載我上下課，車上幫我背生字或問我功課、吃飯時我會和爸爸說今天學校教了什麼，還有明天的功課。」

醫生緊追著問：「睡覺前呢？大便時呢？週末放假的時候呢？有沒有只有你自己一個人、沒有其他任何人的時刻？一下下也可以。」

「睡覺前媽媽陪我聽故事或音樂……還有，我大便都很快，不然他們會逼我吃很多青菜。」男孩緊張的笑了笑，低頭看看乾扁的小獸，又抬頭問：「我是不是真的不可以養牠？有些小朋友可以，但我不能？」

醫生說：「沒這回事，每個孩子都應該擁有自己的小獸，把牠養成自己獨特的樣子。即使有些長得特別強壯，有些比較瘦小，但沒有人不能養。你需要一點幫忙，這樣吧，以後你帶牠來找我，我教你照顧牠。爸媽那邊老師會跟他們說，別擔心。」

獸醫跟老師商量後，藉口男孩適合上創作班，說服家長讓他每週兩次下課後留下。那兩個時段男孩會帶小獸到診所，獸醫讓他放出小獸，抱在懷裡，請他隨意回想近來看到、聞到、嘗到、聽到或想到什麼，然後讓他一個人靜靜的發呆。經過兩三個星期後，男孩的小獸長成胖胖壯壯的娃娃，有點像熱氣球，有點像大雞蛋，笑起來一臉和氣憨厚。

就這樣又過了兩個月。

獸醫欣慰的說：「你的小獸現在很健康了，你喜歡牠嗎？」

男孩說：「我很喜歡牠，牠也喜歡我！」

醫生點頭：「練習了一陣子，你現在懂得怎麼照顧牠了吧？無論如何都要為自己找一點機會，放鬆心情，什麼也不做，這樣就能養育小獸。你以後年紀越大，應該就越能為自己和牠找到時間和空間，聽說媽媽現在會讓你自己洗澡了，是嗎？」

男孩笑：「對啊，我都帶著牠玩泡泡！」

獸醫說：「那真好。幻想獸願意守護人們一輩子，牠是你一個人的，只要你不遺忘牠、餓死牠，沒有任何人能夠奪走。若能一直把牠養得好好的，最後，當你走到人生盡頭，牠也有辦法讓你免於恐懼，帶你前往比人間更美好的地方。」

男孩抱著他的小獸問：「牠會帶我去什麼地方？」

「一個世世代代、無數人的幻想獸共同創造的地方，那兒叫天堂。」

你先愛

付出愛與被愛是兩件事，不並存，也不同步。

男孩路過陋巷，一隻額頭長著灰斑的貓開口對他說：「帶我回家，對我好。」

男孩問：「為什麼？」

貓說：「不要問，你先對我好，我們就有關係，你就會明白我對你很重要。」

於是男孩帶貓回家，照顧牠的起居飲食，晚上讓牠爬進被窩，貼著他的身體睡覺。貓要吃什麼他就去買，貓說家具用品該怎麼擺就怎麼擺。貓說要躺他的腿，他便敞開自己。貓說：「摸我。」男孩便輕輕撫摸貓的額頭，貓瞇起眼睛發出呼嚕聲。

貓問男孩：「你有什麼心事？告訴我，你的秘密與盼望。」

男孩問：「為什麼？」

貓說：「不要問，你先相信我，我就會成為你可依靠的對象。」

於是，男孩把未曾對人說過的心事都告訴貓。隨著放開心防，他開始自在地在貓的注視下洗澡、大小便、拔鬍碴、挖鼻孔……貓說：「你看，我不會告訴別人你的軟弱和不堪。」但男孩更感激的，是貓從不批判。

男孩漸漸長大。貓說：「我老了、病了，你要多花心思和金錢照顧我，傾注所有。」

男孩說：「為什麼？」

貓說：「不要問，你先付出，你越是付出，便越覺得我無價。」

於是，男孩為了陪伴貓，拒絕跟朋友去玩；花費大部分收入替貓養生、治病；不理上司白眼，堅持請假帶貓看醫生；半夜起來替貓擦屎尿、清潔和按摩身體。他從沒對另一個生命扛過這麼多責任。

男孩越來越真摯地愛著貓，而貓則更任性的使喚他……貓臨終前對男孩說：「你現在可以去愛人了，像愛我那樣。」

男孩前後交往過幾個對象。他從不問為什麼，只管對她們好，信任她們，為她們付出。但是最終第一個辜負他，愛上別人；第二個看到他毫不掩飾的脆弱，嫌棄他沒出息；第三個不喜歡他的亦步亦趨，說這樣的關係令她窒息……

男孩感到沮喪，有天夢見貓來到他眼前，於是他問貓：「為什麼我先

愛了，她們卻不愛我？」

已化為魂魄的貓聳聳肩，說：「我來只負責教你去愛，不保證你會遇到愛。你若想被愛，當初應該養狗。」說罷便消失。

仇筆記

恨如潮水，漲有時，退有時。

剛上小學的她，有個比她大五歲的哥哥，經常用言語霸凌她，嘲笑她胖又醜，嫌她笨又煩，總知道什麼話最能刺傷她，不留情面的加以攻擊。忙於生活又重男輕女的父母並沒有意識到要主持公道，甚至在每次哥哥打小報告後，賦予他更多「管教」妹妹的權力，讓她更感無助和不平。

被哥哥欺負，儘管心靈受創和憤怒，但更恨的是她很愛哥哥的事實。不知多少次發誓不再跟他講話，轉瞬又不由自主地崇拜他，想對他好。她討厭自己原諒得太快。某次又被氣哭，她跑到巷口的文具店，在無數記帳的、練英文的、算術的筆記本中，找到一本封面寫著「記仇筆記」的本子。就是它！她掏出過年存下來的紅包錢將筆記本帶回家。把哥哥說的所有傷人話語，一一寫在記仇筆記上。一筆一畫似乎在認證那些傷痛的真實，戰勝太快原宥別人的弱點。筆記本讓她保住尊嚴，不再作踐自己討好別人。

小學畢業時，筆記本幾乎寫滿，哥哥似乎也長大懂事，對她越來越客氣，不再以欺凌小妹作為情緒發泄的管道。筆記本漸漸被遺忘了。

她在應付學業和建立人際關係中，像平凡少女般健康成長，唯一困擾她的，是對蚊子的嚴重過敏。普通人被蚊子叮到，頂多癢個一時半刻便消腫，但她的會腫得像雞蛋那麼大，一般藥膏無法舒緩，必須接連幾天塗抹類固醇，然後腫疱中央會凸起一粒肉色小水泡，四周變得灰青，乍看像是乳頭和乳暈，害她不得不整天貼著ＯＫ繃，免得尷尬。蚊子彷彿針對她似的，教室有三十個同學，蚊子飛進來，總是她第一個遭殃。有一回手臂和腿一連被叮咬了七八個疱，只得跑到保健室求救，護理阿姨早已認得她，馬上替她塗藥，心疼的說：「人家說酸性體質特別招蚊子，妳有沒有聽話，少吃肉多吃鹼性食物？」又癢又氣的女孩說：「有啊，我都盡量不吃肉了，蚊子還是追著我，恨死了！」阿姨說：「話說真是體質酸鹼度的問題，妳還是我見過最酸的了，可憐哪。」

女孩的因應方法是拒絕所有野外郊遊的邀約，夏天盡量待在室內。大學畢業找到一份整天在冷氣間的行政工作，把自己隔絕於自然環境。

某個初秋晚上，傍晚下了一場豪雨，回到租住的小套房，發現屋裡忽然跑出很多小蟑螂，窗台外一群群飛蟻盤旋。她連晚餐也沒心情吃，整個晚上都花在殲滅這些害蟲，害得她筋疲力盡。洗過澡，軟癱在床，外頭雨停了，吹來秋涼的風，她蓋上薄被安心睡去。

次日醒來發覺被子不知什麼時候被踢到床底下，而她的小腿和手臂布滿紅疱，顯然半夜裡蚊子把熟睡的她當成大餐了。多年沒遇過這麼嚴重的情況，但越焦急越癢，忍不住用力抓，結果腫得更兇，又因為太密集，凹凸浮腫的皮膚一片鮮紅，噁心極了，她不禁尖聲哭叫，隨即快速穿上長袖衫褲，抓了錢包直奔附近的皮膚科診所。

見慣皮膚各種疑難雜症的名醫，面對她的情況毫不慌張，反而讓她平靜下來。她解釋自己一向對蚊子過敏，平日防範有加，這次完全是不小心，照例應該塗塗類固醇就好。醫生也早已習慣這種自己診斷自己解決的病人，看了看水泡，同意該用類固醇，但為表關心閒閒問一句：

「妳從什麼時候開始會這樣？」

她回說：「很久了，大概小學二年級，八歲左右吧。」

醫生仍是淡淡的語氣：「妳記得八歲那年，生活或飲食習慣可有什麼特別的轉變嗎？」

女生想一想：「我想不起來耶。」

醫生樂得結案：「造成過敏有無數原因，除非做過敏源篩檢，不過也不保證一定找得到源頭。我先開藥膏給妳，有問題再回診。下一位。」

護士開門叫下一個病號，她便走出去等領藥。

回家路上她完全平靜下來，塗藥後感覺沒有大礙了，上班只要穿長袖遮掩一下就好。倒是剛剛醫生要她回想八歲那年發生過什麼事，讓她不斷憶起童年的零碎片段。想起哥哥總愛說狠毒的話傷害她，想起她對哥哥的愛和恨，也想起跑去文具店買的那本筆記，記錄著他對她的惡形惡狀……事過境遷，現在反而懷念小時候跟哥哥的親密。

回到家裡，她從衣櫥上方搬下塵封的紙箱，打開來先找到兒時的寶盒，裡面有手鍊、書籤、明星閃卡、畢業紀念冊，最後看到那本殘舊發黃的筆記。

記仇筆記！童年覺得沉痛無比的傷害，字字句句記載在當中，她小心翼翼的翻開，手勢無比輕柔，宛如試圖安撫當年無助徬徨的小女孩……第一頁，稚氣的字體用紅筆大大寫著：「我不要再這麼容易原諒人！我要記得你怎麼傷害我！」她不由得莞爾，又有點憐惜。

不知哪來的風，筆記本微微掀動起來，忽然隨著她的翻頁，無數黑蚊從本子裡飛擁而出，嚇得她一把丟下筆記躲到房角，雙手護頭，縮成一團。風繼續吹著，翻動的紙頁間散發一股詭異的酸味，她瞥見那些魔法般飛出的黑蚊，頃刻又如駭人的旋風捲出窗外，越來越遠、越來越遠……

終於，一切恢復了平靜。蚊子失去蹤影，走近一看，筆記也變回平淡無奇的本子，剛才的酸臭味消散殆盡。定下驚魂，她把筆記丟進垃圾桶，綁緊垃圾袋，拿到垃圾站去。

她無從理解這整件事，值得慶幸的是從此對蚊子的過敏莫名痊癒了，即使不小心再被蚊子叮到，也只同一般人一樣的紅、癢，甚至用不到藥膏就自然消退。

「可能是我的體質忽然不酸了吧？」她這麼想。

北風與太陽

少時有讀書，長大當自己。

高中的男子更衣室。

高個子學長捉弄矮小學弟，把他的襯衫高舉過頭，小學弟像隻小狗熱切跳躍著，但怎麼也奪不回自己的襯衫。

小學弟忽然想起兒時姑姑跟他說的伊索寓言。

北風與太陽比賽，看誰能先讓旅人脫下大衣。北風越是用力吹，旅人越發把自己包裹得緊緊的；然而當太陽照耀，旅人受不了熱，便自動脫下

THE WIND AND THE SUN

大衣。

於是，小學弟趨向眼前的學長，湊近他的脖子柔柔的吹氣。學長感到自己就要融化，雙腿一軟，垂手放掉襯衫，回吻學弟。

他們從此展開了一段無比甜蜜的初戀。

恐同的姑姑得知侄兒的戀愛後，暴跳如雷，幾近崩潰，萬萬沒想到一切全拜她從前給侄兒說故事的功勞。

黃與藍，不喜歡綠

相愛可以有一千種無奈。喜歡對方，也喜歡自己，就是無法相處在一起做自己。

黃色愛上藍色，藍色也對黃色一見鍾情，他們無法自拔的走在一起，誓言共度餘生。

只是在一起之後，他們混而為綠，但他們都厭惡綠色，幾經掙扎終還是痛苦地決定分手。

分手後遙看對方，黃依然為藍著迷，藍仍對黃難忘，忍不住再度復合。復合後再次變回雙方都受不了的綠，終究無法避免又以悲劇收場。

數度離合，最後一次別離，他們決定不再看對方一眼。遺憾的是此後一生，藍和黃再沒有遇到任何心動的顏色了。

玻璃鞋專櫃

童話中遺落玻璃鞋的灰姑娘，穿越到今天成為千千萬萬個試鞋的女人。

我面露微笑，雙膝跪下，為眼前的中年女子溫柔地穿鞋，體貼地繫帶。我最喜歡這種含蓄的良家婦女，她們矜持地壓抑著怒放的心花，眼神卻閃耀難得受寵的喜悅。

我知道她一定會埋單，單純為著回報我帶給她的剎那呵護。

我是女鞋部的 Top sales，收入叫全城同行歆羨。他們以為我的成功在於唇紅齒白和願意下跪，其實決勝的是心態。沒有人比我更有資格說這句

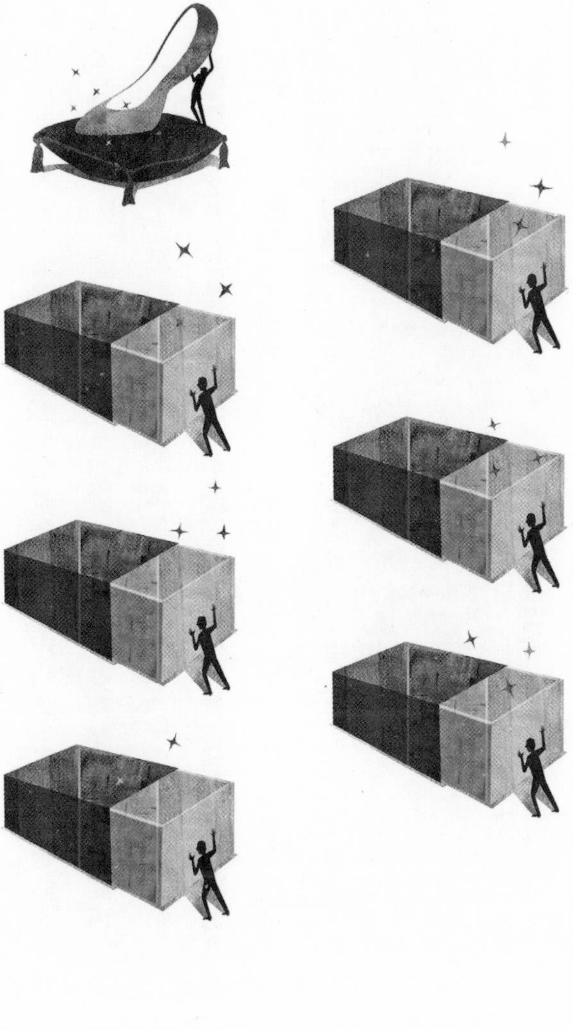

話，賣鞋給女人不只是我的天賦，更是我的天命。

要把每一個坐下來試鞋的女人，都視為王子要找的公主，即使她們衣著樸素甚至寒酸，一副勞苦樣子，也要認定她一旦找到合腳的鞋，就能搖身一變，成為王子傾慕的公主、王國的女皇、我的衣食父母。

近年那麼多關於穿越的電視劇，怎麼都沒人想到，其實我就是從十七世紀來到現代，那個故事裡被王子派去全國尋找佳人的大臣。現在我視每一雙待售的鞋為玻璃鞋，進來百貨公司的每個女人都是灰姑娘。當她欣然說「我要這一雙」的時候，仙子就在她身旁準備就緒，信用卡「咔刷」的一秒，神仙棒便揮出奪目光彩，為我的業績再添一筆。

哭聲請你不要忘本

哭泣也是一種呼吸。

親愛的人：

你最近過得好嗎？不過既然活著，應該也不會太好。生活總是難的，這我懂，所以生命才讓我來陪伴你走。

可是不知何時開始，太久了，人們竟然將我污名化，把我視為軟弱的象徵，不再接納我，千方百計躲避、抗拒我。無論別人或自己的哭聲，都想掩飾、壓抑、嫌惡、斥責、恥笑與羞辱。你們可有想過我的感受？

下次，當你再以我為恥時，希望能想起自己當初誕生的那一刻，人們是如何盼望、多麼感謝我的出現。

希望你能記得，哭不代表軟弱，自初始的第一聲哭啼，我從來就代表著生命、象徵活著。我的每一次出現，都是最迫切的呼吸，與求生的力量。

被你遺忘許久的

哭聲

打翻牛奶

若生而為草莓，為何要活得像顆榴槤？

從小，東西若掉到地上，他都會失望的看著它好一會兒，然後才俯身撿起。

長大以後，女友跟他分手，朋友會說初戀當然失敗的多；長輩則安慰他，大丈夫何患無妻，是她不懂得欣賞你，將來會找到更好的。人到中年，遇到經濟不景氣，公司裁員，他被解僱，教友說上帝關上一道門定會開啟另一扇窗，焉知非福呢，不如好好休息一陣子。

don't cry over
spilt milk

癌末的父親過世，親友叫他節哀，說父親此刻無病無痛在另一個世界豈不更好，他在天之靈看到你頹唐悲傷必定心痛，趕快振作起來。

下午三點，他才發覺一整天沒進食，到廚房倒了一碗玉米片，打開冰箱拿出僅剩半瓶的鮮奶，不小心在流理台滑了手，掉落玻璃瓶。看著滿地碎片和流溢的牛奶，他頹然跌坐，腦袋裡想起一句名言「別對著打翻的牛奶哭泣」，於是他放聲嚎啕大哭。

遙遠的農場，窄小圍欄內，生育過七次，每一胎都被迫與小牛分離的母牛，在酷暑高溫中正被壓榨著乳汁。長睫毛的牛眼神色木然，正在反芻的嘴巴忽然吐出人言：「你還能哭，多好啊，我的奶本來就很珍貴。」像是對著千里之外的某人說。

同性伴侶

自愛往往比愛人更難。

十二月十二日，午夜十二點，她屏息凝氣的坐在點燃七根蠟燭的鏡子前，用鋒利的水果刀小心翼翼的削起蘋果皮。

她因緣際會得到這顆「遇見未來幸福」的珍貴蘋果，只要按照指示，一刀不斷削出螺旋形的果皮，就能在鏡中看到未來的終生伴侶。

一圈、兩圈……

鏡子裡浮現的影像漸漸從模糊變得清晰。

場景是莊嚴的教堂，兩個穿著白紗的女子。她微笑想：「啊，宇宙上帝天主 whatever 也認證我的同性戀，非常好。」然後聽到站在兩女中間的神父念念有詞：「……妳願意嗎？」

左邊的女子說：「我願意。我如今鄭重承認妳做我的終生伴侶，並許諾今後，無論環境順逆、疾病健康，我將永遠愛護妳、尊重妳，終生不渝，直至死亡把我倆分開。」

隨後神父又再念一遍誓言，問右邊的女子：「……妳願意嗎？」右邊女子誠摯的說：「我願意。我如今鄭重承認妳做我的終生伴侶，並許諾今後，無論環境順逆、疾病健康，我將永遠愛護妳、尊重妳，終生不渝，直至死亡把我倆分開。」

手上拿著蘋果，眼睛盯著鏡子的她，聽著神父和兩個女子重複了四次誓言，為這做到比登天還難的一字一句承諾，感動不已。她輕輕擦掉眼角的淚。

鏡中的畫面持續進行著，左邊女子溫柔地掀起右邊女子的頭紗，露出她的臉來，是她！是她自己！她緊張的期待看看另一張臉，將來她會愛上怎樣的人？在哪裡相遇？怎樣開始？在一起又會發生什麼波折？兩人關係會遇到什麼樣的考驗？鏡裡右邊的「她」輕輕掀開眼前女子的頭紗……又是她！是她自己！

「搞錯什麼了嗎?!」她下意識的拿起蘋果問，「怎麼兩個都是我?!」已經氧化變色的蘋果毫無反應。

但蘋果的預言確實成真，她始終沒遇到一個可以讓她許諾終生的對象。「遇見未來幸福」也一點不假，因為獨身對她來說，就是今生最幸福的道路。

她把自己照顧得無微不至，逗自己開心，滿足自己的身體、體貼自己的心意，供養自己、支持愛護自己，貧病富貴終生不渝，直到死亡分離……

最後，她的墓碑上刻著「我情人、朋友、敵人、同事、陌生人、姊妹、伴侶，妳是被深愛的」。

很抱歉，你們的孩子有病

如果能孝順，誰想要不孝？

一塵不染的診間裡，戴著細框眼鏡、皮膚白皙的醫生，和一對顯得惶惶不安的夫妻。

「A先生、A太太，檢驗報告出來了，所以今天請你們來。」

未等醫生說下去，夫婦已緊張得互相握住對方的手，像是給予彼此勇氣，以迎接可能到來的壞消息。

「我們抽取了A太太六週大的胚胎基因樣本，化驗結果確認胚胎患有顯性的『安非理奧綜合症』，」醫生盡量說得緩慢，好讓這對不幸的夫妻能有餘裕消化打擊：「你們應該讀過衛生處派發的《新世紀繁殖指南》，第三章有關先天疾病的詳細解釋。確診八週以內的胚胎可以安全執行人工流產。現在你們需要決定，這個胎兒要留，還是不留？」

丈夫看到妻子一臉驚愕、啞口無言，只好自己吞吞口水，問：「對不起，醫生，我們一時間記不得指南上說的細節，可否請你說明……」

「是『安非理奧綜合症』，」醫生仍然保持理性的口吻，「這病症約於十年前確認為先天性的缺憾，目前醫學還查不出原因，只能視為偶發個案。『安非理奧綜合症』分為隱性和顯性，根據我國的統計數字，平均四十個小孩當中就有一個患有隱性安非理奧，一生中會不定期病發。每九十個小孩當中有一個是顯性，長期出現症狀，但現時無藥可以根治。閣下的胎兒就是顯性安非理奧。」

妻子稍稍回神，追問：「每九十個就有一個會這樣？那那些父母都選擇拿掉嗎？」

「咳，不一定。我再簡單說明一下，安非理奧患者從嬰兒階段就會散發出病毒，對外人沒有影響，對雙親卻構成嚴重威脅。父母會出於本能逃避接近嬰兒，即使用意志力克服生理上的抗拒，勉強親近病童以盡為人父母的責任，也會因身心飽受壓力，而減損正常的判斷力與溝通能力。孩子長越大，病毒的威力越強，會透過言語和行為傷害雙親。嚴重的個案會引發父母心臟病、中風，長期憂鬱，甚至有厭世傾向。安非理奧若是確診，唯一能做的是生理上的隔離，把溝通往來的次數降至最低，或可保住父母基本的生活品質與性命。」

夫妻倆陷入沉默，醫生接著說：「所以，A先生、A太太，你們剩下兩週時間可以考慮要不要人工流產。作為醫護人員，我無法提供抉擇上的建議，只能保證人工流產的過程非常安全，孕婦一週內即可完全康復，而且不影響下次受孕。」

醫生看到A太太茫然的眼神，心生不忍，溫柔的說：「剛剛A太太問到，其他確診懷有安非理奧孩子的父母，是否都選擇人工流產。我只能私底下說，大約一半一半。而無論最後留或不留，後不後悔的也是一半一半。」

醫生覺得能說該說的都已經說盡，便靜靜看著他們。

太太含淚點頭，丈夫則強裝鎮定的說：「我們明白了，謝謝醫生。我們回家考慮一下。」

丈夫扶著妻子準備離開診間，一旁的護士趨前補了一句：「其實現在胚胎在子宮裡，已經散發微量毒素，開始影響孕婦的心智。請先生這段期間特別注意太太的狀況，若有不適務必盡快向醫生報告喔。」

護士說完，若無其事轉身回診間，沒有察覺男人的眉頭鎖得更深。

就在夫妻步出大門那一刻，聽到身後傳來陣陣低語：

「真慘，聽說是顯性安非理奧。」

「什麼非理？」

「就是『不孝病』呀！就是你對孩子做什麼都不對，不做什麼也不對！不孝病的孩子無論如何都會怪你一輩子！怎麼樣也不投緣，愛卻不能親，折磨呀。」

「這不就是剋父剋母？來討債的！要是我就不生了！」

是夜，太太躺在床上，看著漆黑的天花板喃喃自語：「其實我自己也常常想，寧願沒被生下來。」

原本快要入睡的先生突然驚醒：「什麼，妳剛剛跟我講話嗎？是否哪裡不舒服？」他想起護士叮嚀要加倍留意太太的狀況。

太太平靜的說：「我沒有告訴你，讀到安非理奧症狀的資料，我才明白自己其實也是病患，只是出生的年代，根本沒有這個病名，我的父母也沒機會考慮要不要生下我。我們認識以來，你就知道我和父母的關係很差，不是嗎？」

丈夫一時語塞，只聽到太太長嘆一聲，說：「患病的孩子其實也不想生病，不想傷害父母。如果能夠選擇，患病的孩子也不想被生下來吧……至少我自己就是。寧願沒有被生下來。」

她憐愛地撫摸微隆的小腹，似乎知道該怎麼決定。

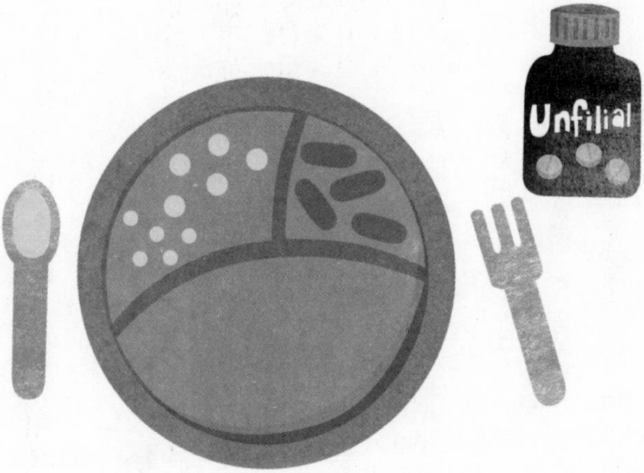
Unfilial

不給面子的勇氣

人情消耗生命。

有些狗挑嘴，但不是牠。牠捨不得讓那些來看牠們的人失望，所以即使人們帶來牠不喜歡吃的，牠也吃。

最美味的當然是便當和罐頭，很多狗搶著吃，牠也會搶，即使只舔到菜汁、啃到骨頭都開心。最不受歡迎的是餿掉的剩飯、發霉的麵包、廚餘，和味道怪異的飼料，但當所有狗一聞便散去，牠仍然一隻狗的留下來吃。牠顯得特別惜福，人們就特別喜歡牠，這讓牠很快樂。所以，就算散發著危險的化學味，牠也盡量屏氣狂吞，大不了生幾天病。

黃狗對牠說：「有時候你實在太誇張，明明吃了會肚子痛，你也照吃不誤。」

黑狗說：「而且你這樣會叫人誤會，把我們當垃圾桶，不吃還被罵不知感恩。」

乳牛狗說：「這樣勉強自己亂吃，會短命的！我警告你。」

牠們說的牠都明白，牠何嘗沒有自己的品味，知道什麼是好料，吃了快樂又滿足，牠很清楚。但牠心裡始終有一股澎湃的善意，好想逮住每一個機會表達。人家帶東西來，心裡懷抱期待，牠看得到他們的期待，無法視而不見。牠明白這就是牠的狗生課題，在「忠於自我品味」與「給別人面子之間」拿捏平衡。

黑狗：「胖狗在樹下躺了好幾天，動也不動，看來是死了。」

黃狗：「不知道，前兩天看牠又拉肚子了。」

乳牛狗：「不意外啊，日積月累吃太多酸餿圾垃，尖尖的雞骨也逞強要在人類面前吞下，說不定就是這樣刺破食道、胃出血了。」

黃狗：「唉，不能對人太好，會害死自己的。」

黑狗：「好狗死得早。牠當了一生濫好狗，希望下輩子不要當濫好人。」

眾狗唏噓，決定為胖狗默哀一分鐘，然後各自回河堤上睡午覺。

胖狗投胎成了日本人，專攻心理諮商，寫了一本書《不給面子的勇氣》，暢銷全球，啟發無數讀者，教導年輕人忠於自己，不為人情壓力低頭，不要委屈自己給人面子，不是真心喜歡絕不按讚。

味覺奇人的日常故事

甜酸苦辣，是吃進嘴巴的味道，也是脫口而出的話。

世上沒有任何人的味覺，像他的發達、敏銳。

當他說到逝去的父親，舌頭就會因為未盡孝道而嘗到後悔的澀；提起前女友的名字，會嘗到苦，談論喜歡的人事物，就似吃到蜜糖的清甜。

所以他比一般人更懂得「慎言」，因為每次勉強延續空洞無趣的話題，口腔裡就湧出一股如同嚼蠟的味道；要是狠毒地罵人，一陣辛辣直叫嘴巴發麻；出言諷刺則是泛酸，事後喝冰水還會導致牙齒過敏。他嘗過最難受的味道，是初戀小女友出國留學跟他分手時，他說的一句「珍重再見」。

這特殊的天賦為他帶來困擾，但既然是與生俱來，也只有接受，甚至還找到方法自得其樂。萬一吃到調味不足的食物，他立刻用言語搭救，不管加甜加鹹加辣……算是這項麻煩的一點附加福利。

現任女友了解他的狀況後，深知為保持他正常的對應狀態，就得避免到不好吃的餐廳，否則整晚只會聽到他胡言亂語，嘗試為食物加味。

不過，後來她搬來與他同住，負責掌廚以後，倒是心生妙計，舉凡一切甜的食物，她一概不加糖。這麼一來，就能逼男友天天對她甜言蜜語。她的心機果然得逞。男人找遍廚房各處，發覺一粒砂糖也沒有，女朋友決心完全依賴他的甜言蜜話，為每一杯黑咖啡、整鍋無糖的紅豆湯、死鹹的滷汁、只加了醋的醃蘿蔔，大量「調味」。

漸漸的，他覺得累了，何況也實在詞窮，女友卻依然貪得無厭，嗜糖一如螞蟻。男人漸漸不想再叫喚女友的名字，從前提到她的名字能讓他嘗到甜，此刻只感油膩反胃，有時候忍不住立即跑去刷牙漱口。

終於他決心提出分手，話一出口，滿嘴久違的薄荷清涼。

放生愛

可惜你沒有在我最美的時候出現。

她不知為何心裡總有股力量，催促她一定要愛貓，一定要與貓在一起。打從十七歲開始兼差打工，稍有經濟能力便不停救貓、撿貓，當貓中途，任勞任怨的做貓志工。之後有了穩定的正職，薪水不高，但有時間照顧家裡的老、幼、病貓。只是情況逐漸失控，一度租住的二十坪公寓共養了五十三隻貓。貓生活在擁擠的環境裡顯然太壓迫，經常打架受傷、四處噴尿、徹夜狂叫，更可怕的是，無論她如何竭力打掃，公寓仍像惡臭薰天的地獄。

外人眼裡，她是個不太正常的邋遢女，經過她的人都掩鼻閃開，彷彿生怕被傳染。鄰居投訴無數次，房東終於從國外回來處理，強迫她於五天內遷出，並分期攤還積欠的房租和清潔費。

最後一夜，她躺在骯髒的地板上，身體底下還壓著貓的嘔吐物，頭髮沾到貓的糞便。環顧四周，她忽然感到平靜抽離，不解為何落到這般田地。從撿第一隻貓到眾叛親離只剩一身債，十年來究竟發生什麼事？為何愛貓？她有愛嗎？貓和她是一種什麼關係？為何害得她如此慘淡？

她起身，打開大門，馬上有貓自動逃離。她逐一抓起地上的癱瘓貓，和籠子裡的病貓，分批到路上「放生」，然後頭也不回的只管往陌生的方向漫無目的走去。

深夜，她買了便當到公園，坐在花圃旁邊吃。一隻約莫三個月大的瘦弱白貓來到她跟前。雖然沒作聲，但一眼就知道牠很餓，想要食物。她視而不見，繼續吃便當。小貓在她腳邊磨蹭，一雙透澈發亮的藍眼睛不停注視著她。就在相互凝視的一剎，她忽地猛力一腳把貓踢開。小貓尖聲一叫，奔入黑暗的草叢。

她走到涼亭，打算晚上就睡這裡。躺在長椅上，花草樹木的香氣撲鼻而來，她比過去任何一夜都快入睡。

她甚至做了夢，夢中一個俊俏男子對她說：「妳忘了嗎？我們約好，今世我來當妳的愛貓，而且還是妳喜歡的白皮毛和藍眼睛。妳忘了嗎？」

她聽見自己冰冷地回他：「太遲了。在我還善良的時候，你在哪裡？」

系統重灌

電腦教的人生道理：若遇嚴重當機，可試用「安全模式」登入，僅載入最低需求的驅動程式，Restart。

人腦工程室裡，實習生與資深工程師的對話。

「編號 78093 近來時常當機，勉強運作也是卡卡的。」

「你有幫他清硬碟嗎？」

「有啊，已替他局部清洗重建，雖然損失一些資料，但也沒有辦法。他的使用習慣太差，本身內建容量不大，卻經常無故新開一堆資料夾，不善整理又同時啟動太多程式。最可怕的是塞滿抱怨，不當機才怪！」

「重灌光碟，你有吧？」

「有，必要時只能給他砍掉重練。」

從律師事務所出來，男人正式回復單身。前妻向法庭控告他脾氣惡劣，經常抱怨，長期讓她和兒女飽受精神折磨，因而順利取得孩子的撫養權。最後他還得賣掉付了一半貸款的房子，和已經營不善的公司，支付前妻的贍養費。他一邊回想這些，一邊咒罵，心不在焉的過馬路。一輛卡車來不及煞車，瞬間把他捲進車底。救護車五分鐘後到達，送他到急診間。

十天後，男人從昏迷中轉醒，除了右手右腳需要復健半年，也重度憂鬱了三個月。或許是意外的衝擊、藥物的副作用，他失去了部分記憶，再次回到生活上起步，恍如隔世。在社工協助下，找到一份基層工作，獨居於僅能容身的小房間。從此，每日只把當天手上的工作做好，三餐填飽肚子，晚上就能安睡八小時，至於快不快樂、人生目標、對未來的盼望等等，遙遠得再也想不起來。

「強制重灌了嗎？狀況如何？」

「很順利，運作正常穩定。」

「有再嘮叨嗎？」

「嘿嘿，我把他的記憶體減少到連抱怨也不能應付，只能處理最基本的事情。」

機會牙膏

缺乏機會與缺乏自信同樣致命。

失業已久的男人偶然撿到一管名叫「機會」的牙膏。標籤上這樣寫著：有機會不代表一定成功。但沒機會就什麼也沒有。

男人覺得有幾分道理，於是慎重的把機會牙膏帶回家，放到浴室的漱口杯裡。

半信半疑之下，他每天起床，第一件事就是到浴室，端詳鏡中的自己，盡量打起精神，然後，生怕很快用完的只擠出一丁點「機會」在牙刷上，裡裡外外仔細刷遍每一顆牙齒，連舌頭和口腔壁也不放過。牙膏太少，起不了什麼泡沫，他索性不漱口，以免沖掉任何「機會」。含著口腔內隱約的薄荷味，立刻到書桌打開電腦，巡視求職網站，任何可能的職位，統統按鍵發信。

日復一日，機會牙膏逐漸消薄，最後乾癟到幾乎成一片。

一開始的幾個月，面試的機會算多，然後越來越少。近三個月只有兩次，一次當場說他不適合，另一次請他回家等消息，結果都一樣。漸漸的，他早上起得越來越晚，覺得要面對鏡中的自己越來越難。「連我都不想看到自己，更何況面試官和老闆……」

今天已是失業的第八個月零十三天，躺到接近中午，才從太久沒換洗的酸臭床單起來。冰箱只剩一些過期醬料，沒有食物，只好倒一杯水，慢慢喝下。走到浴室，看著乾癟的牙膏，心中感到矛盾，「已經幾天沒刷牙了，應該再試一次嗎？但會不會仍只是帶來失敗？」他猶豫地剪開牙膏管子的金屬硬皮，準備用牙刷刮下僅存的薄薄一層牙膏……忽然，看見管體上一行從未看見、細小到宛如虛線的字，「若對機會牙膏適應不良，請搭配信心漱口水使用」。

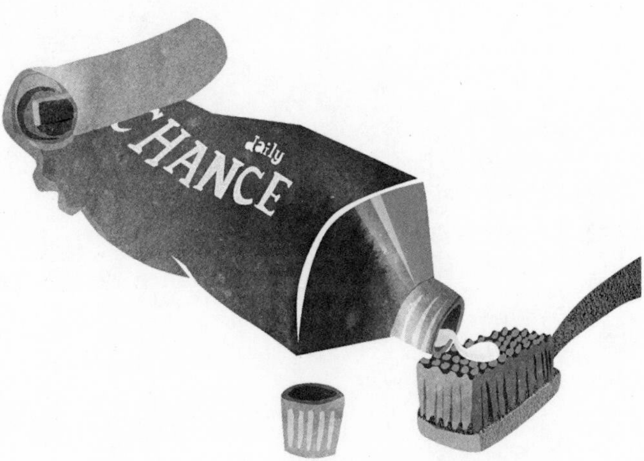
daily
CHANCE

戒讚美

讚美有時候只是把對方捧到更高處去小看你。

同樣在華人家庭長大，不知為何他反常的極度熱中於讚美。無論男女老少，相識的或陌生人，他總是按捺不住讚美的衝動，不僅是對方的外貌、行為、個性、成就等等，再平常微小的事也都能引起他稱讚。假如身在西方，應該就是一般熱情友善的好好先生，但對壓抑冷漠的亞洲都會來說，這特質卻為他帶來不少誤解，甚至遭受排斥。同事背後說他是馬屁精，女人覺得他想搭訕、吃豆腐，或油腔滑調必有企圖。發自內心的善意每每換來錯愕與防衛的回應，他的內心難免受傷，無數次提醒自己克制，但天知道這有多麼煎熬。

自從臉書流行，他每天滑手機，任何貼文都不放過按讚，新聞資訊、搞笑圖片、朋友的照片和文字……但卻發覺自己的動態漸漸不太有人理會，好奇地用外掛程式查驗，驚覺臉友大部分已對他取消追蹤。有位沒有取消追蹤的朋友，經不起他一再追問，回答說大概因為他按讚的東西太多，不停刷洗別人頁面，讓人不勝其擾。

「我喜歡回應、說好話，喜歡讚美別人，究竟有什麼錯？」一腔真誠不被珍惜，他感到苦澀。但讓他下定決心改變的，是某年年底臉書推出新的外掛程式，大家紛紛檢查朋友圈內誰給自己最多讚和回應，發現所有臉友測出來的第一名都是他，甚至比對方的情人、家人的按讚次數還高出許多。連他也感到誇張和尷尬了，當下幾乎想剁掉自己的手指。從此他逐漸淡出臉書。

他要找一個新的地方練習不讚美，於是加入ＩＧ（Instagram），貼他最愛的汽車模型照片，也追蹤很多照片漂亮的用戶，美食、日常、風景、自拍美女，對象全都是陌生的外國人。ＩＧ的屬性甚少文字互動，成功幫助他戒斷回應，只是偶爾一些對他按讚的陌生人，他又抗拒不了想回報對方，甚至成了忠實追隨者，常常是第一時間給讚的人，彷彿得了強迫症。

當他發現自己再次淪陷，便毅然棄守ＩＧ，換到Tumblr開帳號。Tumblr的性質接近微型部落格，有圖片也有短文，他簡直像發現新大陸，高高興興追蹤了一些笑話、心靈語錄、電影粉絲頁，偶然發覺有些尺度很寬的色情專頁，心想這裡大都是外國人，感覺安全，便默默訂閱幾個專門貼色情Gif圖的用戶。這次他更節制了，自己完全不貼任何東西，只當潛水客。

Tumblr有一個功能可讓人查看用戶歷來按讚的所有貼文，他羞於讓人知道在偷看，越發不敢按讚，雖然有時候看到很精彩的，實在很想按讚存檔，但很快的又打消念頭。

就這樣過了三個月，他沒按過一次讚，沒留過半句言，終於戒癮成功。現實生活中，他依然為壓抑讚美感到痛苦，但網路經驗帶給他信心，相信日常一定也能戒讚美。

某天，路過城市舊區的一家皮鞋店，老闆在騎樓放了很多鳥籠曬太陽，畫眉、相思、金絲雀，還有鸚鵡。白羽黃冠的大鸚鵡對駐足觀賞的他尖聲說：「Hello！Hello！」他不由自主愉快的回應：「Hello Hello！你好呀！你怎麼這麼漂亮！好會講話，好聰明！真乖真乖！」鸚鵡好像聽出他的善意，用台語回他說：「兜蝦兜蝦！」

回家路上，他在老闆介紹的鳥店裡，買下一隻非洲鸚鵡和牠所需的用品。鳥店說照顧得宜的話，非洲鸚鵡能活過四五十歲，這讓他安心。從此以後，每天對著鸚鵡說盡天下間所有的讚美，鸚鵡也漸漸學會越來越多的好話回應。他終於在外面成功的做回一個吝於讚美的「正常」人。

做自己

厭倦當好人，要當壞人卻發覺沒那個本事。

男子到傳說很靈驗的廟，向神明祈求：「神明啊，人家取笑我是 Yes man，永遠不懂拒絕。我希望有選擇，我不想再當好人了，我想做自己！我要知道誰真心真意愛我，無條件的喜歡我，而不只是為著佔我便宜。」

神明：「既然你這樣真心誠意祈求，我就大發慈悲的應允你。」神明施法，令男人接下來的日子要說一百萬個「不」。

從此男子的生活發生巨大變化。同事請他幫忙做事，他毫不考慮就說不；朋友問他借錢周轉，他無情地一口回絕；女朋友請他接送、撒嬌要他送禮物、為她家人跑腿辦事，他一反常態統統狠心說不。大家被他拒絕多了，漸漸不再找他，女朋友也鬧著要分手。最麻煩的，是上司和客戶……他也不由自主地說不。

他驟然變成一個不受歡迎、無人聞問的邊緣人。

唯一沒被他嚇跑，依然不離不棄的，就是他慈愛的母親大人。男子有點心酸又有點安慰地發現，「世上只有／還有媽媽好」。

母親看到兒子悶悶不樂，追問原委，他便把神明要他拒絕一百萬次的事，一五一十告訴母親。

「媽，但自從學會拒絕，身邊的人卻一個個離我而去，讓我好失望！就沒人肯愛真正的我嗎？」

深深了解兒子的母親，知道是他在鑽牛角尖：「真正的你，是誰？對媽媽來說，你從小就是個大方善良的孩子，為別人付出你才安心自在，這不就是你的本性，為什麼忽然計較起來？」

他不知該怎麼回答，只管賭氣地說：「反正我現在被施了法，得再拒絕九十幾萬次，還能怎麼辦！」

母親想了想，說：「可以試試，以後在人家邀約你之前，你就先邀請別人；人家求你幫忙之前，你就先看看別人的需要並給予幫助；老闆、客戶吩咐之前就先主動去做；不要等女朋友開口才對她好，事事體貼她。也許這樣就能化解你那一百萬個不。」

男子依照母親的建議行事，於是從原本的好人進階成一個更加好的人。

這一切，神明看在眼裡只有冷笑：「現在的人個個都說要找尋真我做自己，卻統統不知道自己到底是誰。當好人是天命啊，你以為有得選嗎？」

眼鏡店

戴上他人的視野過自己的日子，會不會比較容易？

走進眼鏡店，沒有其他客人，我隨便挑一張椅子坐下，對店員說：「我想配一副眼鏡。」

「小姐有想找哪一類型的嗎？」眼看我猶豫的瀏覽櫥窗飾櫃，店員連忙又問：「妳覺得現在的視力有哪裡需要改善嗎？」

我坦白的說：「我好像看什麼都不順眼，這可以改善嗎？」

店員似乎了然於胸：「當然，我們有各種眼鏡專門矯正『不順眼』症狀。」

這邊有幾款很受歡迎，妳可以試試看。」

他從飾櫃取出三副眼鏡，逐一介紹：「這副慈母眼鏡，透過它的暖色濾鏡，配戴以後眼下一切特別美好溫馨。很多女生喜歡這款，因為看到的自己永遠比實際年齡小，而且顯瘦喔。」店員說著笑了起來。「這副是同樣熱銷的情人眼鏡。有人打趣說，它的幻彩濾鏡有類似服用興奮劑的迷幻亢奮效果，本來平淡無奇的世界，會在配戴之後變得五彩繽紛，讓人非常愉悅，對未來滿懷憧憬。」

他終於停下來，微笑看著我，我其實已經心動，但不想表現得太明顯，便問：「還有別的嗎？我想多看幾款。」

「當然有，這副是孩童眼鏡，具有誇張功能，讓人注意到一般成年人忽視的細節，重拾好奇心與新鮮感。一些做創意工作的客人戴上以後，不僅靈感泉湧，更有新意。妳想試一下嗎？」

果然一戴上去，四周陳設瞬間全都五百倍放大，天花板比正常高出許多，店外的天空裡，雲朵變成大象和恐龍了，我忍不住笑了起來：「啊，好有趣！讓人很想出去玩！」

店員替我摘下孩童眼鏡，又從飾櫃取出另外幾副，說：「很好玩吧，這邊還有更多。這是富人眼鏡，它會濾掉很多瑣碎麻煩的細節，視野寬闊、自我感覺良好；管理者眼鏡能讓人理性的看待事物，增加決斷力，對職場往上爬大有幫助。」

我好奇的問：「這兩副，很多人買吧？」

店員答：「呵呵，銷量還不錯，有些父母會買給孩子從小配戴。其實什麼樣的客戶都有，我們也幾乎都能提供需求。像這副基層眼鏡，是一位很有心的地方民意代表請我們引進的，從他籌備競選開始，一直到連任，總是定期過來更新保養，為的是能清楚的看到基層民眾的需要，有意思吧？」店員低頭看到我小狗圖案的手機殼，便接著問：「小姐妳有養寵物嗎？」

我說：「沒有，但以後可能考慮。」

他指著兩副裝飾著絨毛的眼鏡說：「那妳將來可能會對這兩副有興趣。這是狗狗眼鏡，戴上它看妳認定的對象，會感覺到滿滿的忠誠、愛慕與包容，而且還有一個好處，眼睛會變得大又圓，非常惹人憐愛。旁邊這副貓咪眼鏡更酷，讓人能夠以游離的目光看待大部分事情，散發一種不經心的美，更有些人說貓咪眼鏡最迷惑人，能吸引眾多單戀、暗戀的桃花。」他笑著開始整理桌上的眼鏡，顯示閒聊結束。「小姐妳有喜歡的嗎？」

我有點害羞地說：「我想試試你先前介紹的慈母和情人眼鏡。」

「很棒的選擇！來，請試戴這副情人眼鏡，鏡子在這邊。」店員把鏡子放到我面前。

只見鏡子裡的自己，眼神流轉，情意綿綿，膚色光潤，眉梢嘴角含著笑意，從沒看過這麼美的自己，不禁看得出神。

忽然，店門被猛力推開，一個中年女子氣急敗壞進門，大吼：「經理呢？請經理出來！為什麼這次的情人眼鏡這麼快就過期？才兩個月而已，從前最快也有半年……」店員臉上堆起職業的笑容，起身說：「劉小姐妳好，請進裡面的貴賓室，我馬上請經理為您服務。」說著像護駕太后般扶著女子進內室，隨即帶上門出來，若無其事的坐回我對面。

我摘下眼鏡：「請問情人眼鏡的保固期通常有多久？」他有些為難的說：「情人眼鏡十分特殊，是我們唯一沒有保固期的款式。因為技術上幾乎沒辦法維修，只能更換新的。」我不免懷疑他剛剛介紹的各種眼鏡了，其實都只強調優點，略過所有壞處。再看看情人眼鏡的價錢，心想如果需要時常更換，我根本沒辦法負擔。

店員似乎留意到我的猶豫，馬上說：「不如來試試這款慈母眼鏡，它既耐用又有永久保固，十分划算。」說完，忙不迭的幫我戴上。

鏡子裡的自己，神情多了幾分稚氣與無辜，而且年輕很多，也瘦了很多，真神奇！內心忽然感到一陣柔軟溫暖，充滿感恩和祝福，腦筋似乎也比平常清楚很多，感覺真不錯，相較情人眼鏡多了一分踏實感。

店員說：「喜歡嗎？今天和小姐您聊得很愉快，我私下用員工價給妳打九五折，好嗎？」我馬上回應：「九五折這麼少，員工最少能打八折吧?!」我平日從不議價的，話一出口，自己都嚇一跳。店員似乎警覺到什麼，替我摘下眼鏡，然後緩緩說道：「小姐，我們的眼鏡定價確實不低，但保證物超所值。妳選這一款是永久保固的，換句話說，我們只賺一次的錢，九五折已經是優惠的極限。」

我終於點頭選擇了一副。店員大大鬆一口氣：「謝謝妳！我請同事拿一副新的給妳。」

等候期間，我們閒聊。

「這家店生意很不錯吧？」

「我們的成本很高，賺得不多，生意算平穩就是了。但偶爾會有驚喜，像上個月有一個客人，一口氣買了十副眼鏡，包括我剛剛向妳介紹的那些，其他還有男人和女人眼鏡，權貴和酸民眼鏡，統統打包帶走。聽說他是個熬了二十年的小說家，儘管有實力也有名氣，但經濟上一直在掙扎。可能老天終於顯靈眷顧，他買刮刮樂竟中了大獎，解決家庭生活所需之後，剩下的錢全都花在這裡，已累積『閱歷』。但像他這麼豪氣的客人不常有就是了。」

這無疑喚起我的八卦魂。「像剛才衝進來的那位女士，應該也花了不少吧，既然情人眼鏡沒有保固，只能一直換，你們不就一直賺。」

店員笑笑說：「也不一定啦，情人眼鏡也有人一戴二三十年的，長或短沒人能夠預料。」

我再次確信選擇慈母眼鏡是對的，至少比情人眼鏡安全穩當。

有人端著一個托盤走出來，上面是我的新眼鏡和盒子。新眼鏡一戴上，伴隨著又是那股溫柔慈愛油然而生。

店員問：「感覺舒服嗎？有沒有需要調整的地方？」

我環視四周覺得沒問題，請他結帳，但就在他替我摘下眼鏡正要放進盒子……我忽然想起了什麼：「等等，我直接戴上好了。」我滿意的眨眨眼睛，然後提了一個此刻覺得無比重要的疑問：「關於這副眼鏡，剛剛你只說好處，那還有什麼你未說的問題呢？」

店員也忽然變得小心翼翼起來，說：「慈母眼鏡有口皆碑，稍稍需要注意的地方，只有……」

我擔心地追問：「副作用嗎?!」

他說：「不能說是副作用，甚至有些客戶認為是莫大的好處。就是它往往會把所有微小的優點放到最大，並傾向忽略任何缺點，有時候會造成對自己和他人有著不切實際、過度的期許。只要注意這一點就行。」似乎也不算很負面，我想。

店員最終還是只答應給九折的優惠，這讓我越想越生氣，虧我聽了他一下午的推銷，一點人情味都沒有。

結帳後走到門口，又讓我發現店員自己沒戴眼鏡，便衝口問：「你賣眼鏡怎麼自己不戴一副？」

他支支吾吾：「呵呵……選擇太多，乾脆什麼也不戴。」

我懷疑：「是這樣嗎？」

他連忙指著櫥窗的鏡子，說：「小姐您看，您戴上新眼鏡真的好美喔！」看到自己的倒影，我又感到一陣愉快。

「對面百貨公司正在週年慶，可以順道逛逛喔。」他這提議十分不錯，我轉頭直直往百貨公司走去，一時想不起來剛剛問了他什麼。

最會出賣你的人

騙你最多的不是別人是自己。

隱私公署辦公室內，報案的女人坐在專員對面。

女人說：「我想要對未來的自己，申請保護我此刻的隱私和權利。」

專員說：「對不起，我聽不太懂妳的意思……」

女人說：「我發覺自己可以透過回憶，看見我從小到大做過的所有事情，包括最私密的細節。這樣侵犯過去的自己，你不覺得很不妥當嗎？」

專員一時無言，女人繼續說道：「是誰給此刻的我權力，可以獲取過去的我的所有資料？」

「……會不會是妳自己……給的？」專員嘗試進入女人的邏輯。

「但從前的我還未成年，不懂得保護自己啊！她不知道成年的我會變成怎樣的人，萬一變成壞人呢？從前那個我根本不具判斷能力，國家難道就不能有法律保護小孩的隱私和權益嗎？怎麼可以讓他們隨便任由另一個人取得所有資訊？」

「另一個人？」

「不是嗎？很多人長大以後就變成另一個人了！現在的我不是十年前的我，十年後的我也不是現在的我。」

專員說：「妳的意思是，要保護自己不受自己侵犯？」

「你總算明白了！我總透過『回憶』任意攫取自己過去的資訊，有時候甚至肆意改寫、歪曲，這算是不尊重『原作者』吧？可以申請禁制令嗎？

有辦法防止將來的『她』侵犯現在的我嗎？」

「法律上『她』和妳是同一個人，應該沒這樣的條文可以保護……妳喔。」專員說著都自覺詭異，很想盡快打發眼前的怪人：「現行法令恐怕幫不到妳，真抱歉！」隨即起身準備送客。

「怎麼可以沒辦法！你知道那有多嚴重嗎？我可以拿從前的任何照片隨意貼上網，包括裸照！我能夠任意誹謗從前的自己，即使完全背離事實！」

專員心想，那妳可以不要這樣啊！別詆毀從前的自己，別出賣她，不要竄改回憶！不過他並沒有說出口，儘管默默引領她到大門。

但女人仍一路絮絮叨叨：「你知道為了對從前的自己公平公正，我的壓力有多大嗎？法律如果不監管我，我隨時都可能失控！國家司法怎麼可以讓人這樣無法無天？最可怕的是，天知道我將來會變成怎樣的人？可能是殺人狂！可能成為另一個陌生人！可能道德淪喪……真的沒辦法預防現在的我出賣將來的我嗎？」

專員輕輕把女人推出自動門，目送猶在自言自語的她遠去，耳邊縈繞著她最後的問題：真的沒辦法預防現在的我出賣將來的我嗎？

應該沒有啊。他想。

信任失蹤事件

身邊的世界隨著信任消失而瓦解。

我的生活中常有一些人忽然失蹤，不告而別，留下我獨自困惑。例如一個跟我借錢的老同學，又例如一個被我發現劈腿的女朋友。本來以為他們的消失，就是以行動說明答案，一個不想還錢、一個就是不再愛我了……傷心之餘，我也只好接受。

後來發覺事情並非那麼簡單。

有次接到詐騙電話，本來打算假裝上當捉弄對方，但是話筒那邊話才說了一半就靜默下來。不是掛線，我對著電話不停「喂？喂？」像個傻子。也許這勉強說是線路問題，卻無法解釋另一次我路過一家傳銷公司，一名業務在門口拉著我推銷神奇養生保健品，就在我正想禮貌回說我不需要時，他竟憑空在我眼前消失！我差點想轉身去精神科掛病號，懷疑是自己工作過勞產生幻覺。

又有一次經理叫我進他辦公室，把一個全公司認為燙手山芋的爛計劃交給我負責，還說若我表現得好，會跟老闆推薦我升副理。一聽就知道他只想找我當替死鬼，正思考著該怎麼應對的當兒，經理，就在我面前，他椅子上，瞬間消失！我用力闔上雙眼再睜開，椅子上仍是空的！當下我只能強裝鎮定，拿起文件對著空椅子說謝謝，便退出經理辦公室。

歸納這一連串消失事件，發現共同的交集就在於「信任」。似乎某人一旦讓我懷疑和不信任，就會消失不見，而且是不由自主，即使想再見面，也無法接觸到失蹤的他們，最多只能從第三者口中打聽消息。實在沒辦法這樣在公司工作下去，最後我胡亂編了個理由，辭職。

找新工作之前，我回了家一趟看爸媽。跟他們一邊吃飯一邊聊天時，不免心驚膽戰，就怕爸媽說了什麼讓我內心存疑的話後，也突然消失了。還好沒有。顯然還有家人能夠相信，這讓我安心多了。後來，我又約了老同學和前同事喝酒，盡量什麼話題都聊，只為觀察「信任」在我內心和人際互動間的運作。我發覺只要交流不深，避開任何利益衝突就安全。若是嗅到似乎對方正在敷衍我或有所企圖，便立即轉移話題或離開，以免生活中又莫名失去一個人。

新工作的形式不太需要團隊合作，我小心翼翼做好分內事，對待公司上上下下一概客氣而淡薄，自始至終不投入、不深交，避免信任破滅的機會。不過，還是想再交女朋友，聯誼遇到有興趣進一步發展的女生，我便放膽約會，這時反而覺得有內建的「直覺」真好，對方一旦讓我不信任就會消失無蹤，既乾脆又省事，再試另一個，多輕鬆。

「你啊，怎麼最近好像跟很多女生交往？不要太花，遇到不錯的就專心發展下去，年紀不小了。」有一天，媽媽突然問起我。

「不是我花心，是有些人交往之後，直覺不值得信任，就算了。」

「什麼直覺這麼厲害？短短一兩次約會，就知道不值得信任？」

「我要像妳跟爸一樣，互相信任，才可以一起四十年。」

「四十年來發生多少事情，你知道嗎？你爸曾經賭錢欠債、曾經在外面鬼混不回家，我也想過離開他，但每次又回頭原諒他，想說再給自己和這個家一個機會看看。信任不是必然的，甚至是靠許多不信任建立起來的。」

聽完媽媽的話，我心裡隱約有一股不安。想到前女友連解釋的機會也沒有就消失，兩年的關係一點修復的機會也沒有。若是關係中必然存在一些不信任，那我豈不是一輩子也無法擁有永遠的伴侶？究竟我的「信任」機制是天使還是魔鬼？會不會其實是自己承受不了被背叛？玻璃心無法接受任何打擊？是精神病？是瘋子？

就在這時，我突然感到身體變得越來越輕，越來越透明，似乎正在消失……

「妳浪費我。」

大家都讀書識字，卻不一定惜字。

她單手拿著手機和朋友聊天，大拇指飛快打字，迅速送出，好像親口講了很多話，但其實都是一些說了等於沒說的廢話，再好奇、八卦的人恐怕也看不下去，即使想要複述也找不到任何重點。

但，她和朋友似乎可以一直這樣聊到天荒地老。某天，就在同樣的聊天中，突然螢幕上彈出一個全新的頁面。

來源不明的對方發話：「停！」

「誰啊,,」亂用標點也是她的習慣。

「別再揮霍我！」對方說。

「你,,, 找錯人了吧 ???」

「沒錯，妳浪費了我。」

她狂按返回鍵，手機卻完全不聽使喚，沒有反應。

對方繼續「說」：「文字是用來承載意思的。妳可以用我來表達實話或者謊言，不管妳說的話是否有道理，即使錯誤也沒關係，但請不要無限消耗我，盡說些毫無意義的廢話。」

她久久按著關機鍵，試圖重新開機，但卻無法成功。對方的字體忽然變得粗大起來，一字一字彷彿連珠炮地攻向她：「要是妳再任意揮霍我，我會讓妳以後所說的每一句話都惹人厭憎！」

「妳浪費我。」

她為對方的氣勢震懾，完全不敢回嘴。對話框突然消失了，換回她原本和朋友聊天的聊天室。朋友仍在熱烈地東拉西扯，她很想加入，但剛剛的警告立即讓她猶豫不已。

琢磨了一會兒，最後她開始瘋狂的以貼圖作為回應。

標點糾紛

看不到臉的網路時代，只能從標點讀表情。

一封短短的訊息久久沒寄出，改了又改，眾標點符號等得不耐煩，沒得宣泄，內訌起來。

感嘆號激動地攻擊句號，罵它故作冷靜成熟，其實是隱瞞不爽的情緒；句號施行冷暴力，頻頻堵住對方的嘴，壓抑發言，不料越加激怒感嘆號。

省略號出來勸架，反招來感嘆號和句號一起嫌它噁心、造作、耍曖昧，連旁觀的波浪號也被遷怒，被說它和省略號一樣，假裝無害實則怯懦，不想承擔卻企圖美化自己裝好人。逗點看不下去了，指責感嘆號喜怒哀樂總是不懂得克制，不料反被感嘆號回嗆，逗點自以為條理分明，卻最囉唆……

最後，來人打開草稿匣，長按往回鍵，把一切統統刪除，讓所有情緒噤聲，回到空白。

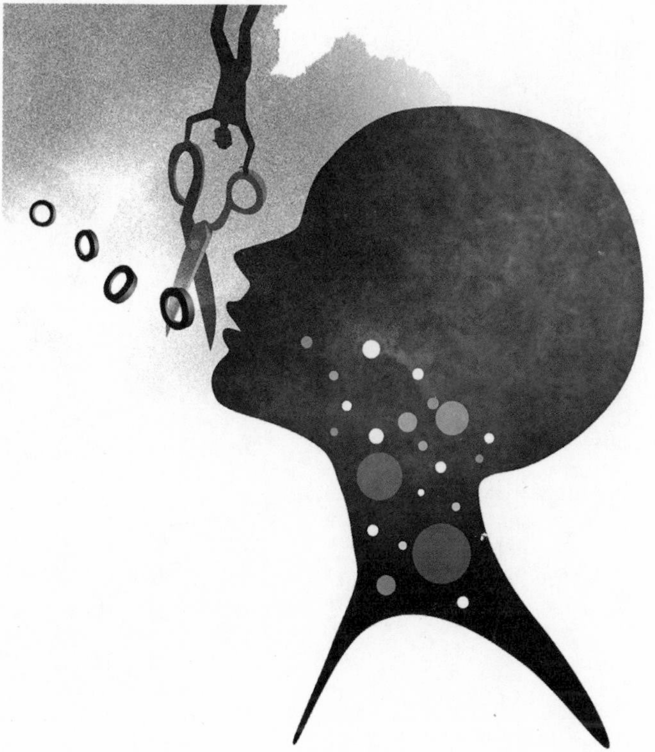

分手刺青

傷人的話，只有受傷的人記得。

本城的離婚率再創新高，怨偶比比皆是，更糟的是情殺案頻傳。內政部決定強硬介入，幾經研究，發現傷人的話最是關鍵，於是敦請巫師作法，今後凡情侶分手時所說的最後一句話，將自動化成刺青，烙在說者前額。

此後，聯誼派對上參加者總是互相從對方的額頭打量起。最初的一批最是血淋淋，產生很大的警惕作用，「我恨不得你死無全屍」、「只要你好，我願意放手」、「沒錢不要學人談戀愛」、「我從來只當你是備胎」、「找

個鏡子照照，胖得像頭豬」、「即使我有了新對象，心裡也永遠為你留一個位置」……

有幸在新政實施後才分手的情侶，礙於前車為鑑，都學會客套得體地分手，於是只看見：「祝你幸福」、「這些年來謝謝你」；自認注重美感與浪漫也只是選擇外語：「I'm so sorry we didn't work out」、「Nous vous remercions de votre amour」（謝謝你的愛）；倒是心機重的為了替下一段戀情鋪路，試圖吸引新情人：「只怪我太癡情」、「我真的很想建立一個幸福家庭」，甚至有人是：「我有美國護照，我會去療傷一陣子」、「這一千萬你留著，房子和車不用還」……

措施實行十年後，雖然離婚率並未下降，但情殺案確實大幅減低，意外收穫是城裡的人都變得更會「說話」了。

被判無期徒刑的心事

要是自己也不為自己辯護，心裡的冤獄註定永不超生。

「我終於可以離開了！永別了，各位！」

一起塵封多時、少年期間的作弊事件和其他心事道別，因為當事人剛剛向人坦承了它的存在，讓它獲得釋放，徹底成為過去。

但例如比朋友都要來得遲的初夜、兩次被戴綠帽、某次在公車上大便失禁等等諸事，可就沒那麼幸運，它們得繼續拘留在他心中，有的已經關了十幾年，未來也不知會囚到何年何月。當事人只要一天隱藏、一天撒謊，它們就得繼續是他的一部分。

天知道它們多想留在過去，即使被當笑話說了出去，也可以超生啊。只是當事人似乎沒有放過它們、放過自己的意思，還要挾持它們到未來。

吸血，也是一種哲學

怪別人小氣不肯給，不如找個方法讓人給得舒服。

雌蚊甲：「真不公平，為什麼我是蚊子而且是雌性？雄蚊吸花蜜就可維生，哪像我們雌蚊卻要冒險犯難，去吸動物的血惹人恨，不小心就被手掌打死、刑具電死、毒霧噴死……人類一看到我們，就是要置我們於死地！」

雌蚊乙附和：「對啊，打得我們頭破血流，還一邊大喊痛快，說那原本就是他們的血，打扁我們剛好而已。人們吃火鍋鴨血和豬血糕好像理所

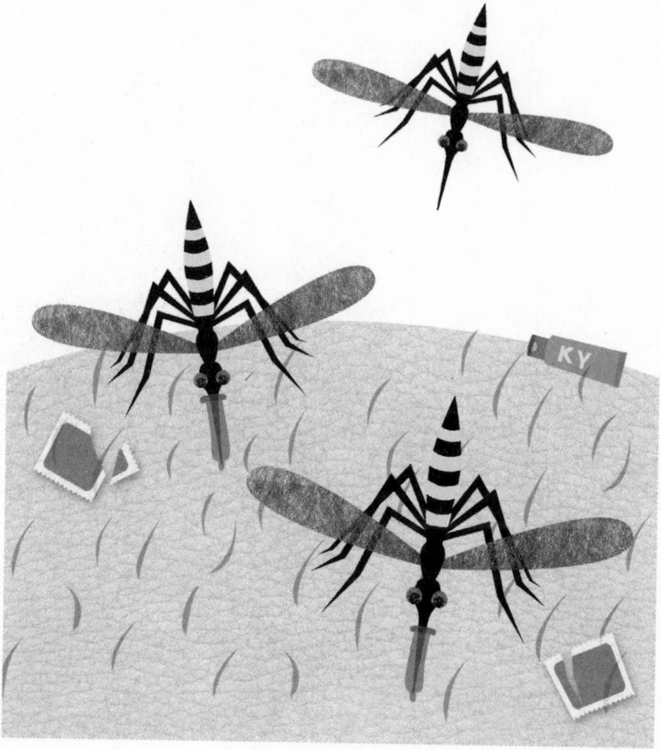
KY

當然，我們吸他們一滴血卻非死不可。他們滿足口腹之欲無可厚非，我們吸一點蛋白質繁衍後代卻是彌天大罪。」

雌蚊丙慨嘆：「我們的一生真是又險又短，但又能怎樣？」

聽說世上有一隻百歲蚊瑞，於是三蚊決定前去求教不死之道。牠們跋涉千山萬水，來到傳說中的水濂洞，不料蚊瑞早已壽終正寢，還留下三顆舍利子。三蚊致哀後，無意中發現洞內一本秘笈，封面寫著《吸血，也是一種哲學》。

三蚊連忙恭敬拜讀，只見上頭短短幾句：

「若能做到吸血卻讓人不痛不癢，就不至於引來殺機，就有機會與人類和平共處，吃喝不盡，延年益壽。所以問題不在你從人身上得到什麼好處，而是不要讓人不舒服。」

三蚊若有所思，若有所悟。

失物地圖APP

走失的若是人心，再厲害的GPS也不能導航。

市面上正流行一款叫「失物地圖」的APP，她也湊熱鬧下載來玩。

首先，搜尋最近遺失的東西。輸入「口紅」，手機螢幕因為顯示千萬個標記，差點當機，幸好她及時按消除鍵。改為「我的Chanel 99號口紅」，順利地從她居住的城市放大到本區、她的房子，然後是她的房間、梳妝桌後方。她伸手進去，就在地板上摸到了，遺失的口紅！

接下來她試著輸入「我的舊居鑰匙」、「我的綠色小剪刀」，都成功在家裡某個角落尋回。再想不到還有什麼失物了，便惡作劇的輸入「我昨天的大便」，畫面從她家的廁所轉瞬後退縮小，顯示她所住的大樓地下室，再追到大樓外，沿著路移動，直到某個不知名的地區。她才知道本區化糞處理廠在那兒。

實在太好玩了！她好奇的輸入「我的體毛」，座標直指家中沙發——她正坐著的位置。她哈哈大笑對手機大喊：「不是我身上的啦！」改成「從我身上掉落的體毛」，畫面上的沙漏動畫運轉了半分鐘，接著標示出她家、辦公室和百貨公司。點進去放大，原來是公司的廁所，和昨天去過的百貨公司四樓 Uniqlo 試衣間。想到自己某根體毛掉落在公共場所，忽然感到有點不好意思卻又好笑。

實物能夠找得那麼精確，不知抽象的又如何？鍵入一個政客的名字：「XX的良心」。沙漏跑動良久，似乎一直找不到，只好按取消。

「我人生的答案在哪裡？」出乎意料的快，螢幕顯示她家、她正坐著的書桌前……答案就在她自己身上？立刻聯想到後天要交的工作企劃書。「我的創作靈感在哪裡？」螢幕快速後退，顯示整幅世界地圖。「說了等於沒說嘛……」她自言自語。

手機突然響起，是爸爸的來電。她不情不願的接起。

「找我幹嘛?!」

「都不會叫一聲爸?!」

「有什麼事快說，我很忙。」

「妳哥住院急需兩萬塊，快存進我的戶頭。」

「是你要賭？還是哥哥需要？」

「少囉唆！給還是不給？」

「我自己打去醫院問，哥哥真的需要，我會直接轉帳到醫院。」

「不孝女！」嘟……電話掛斷了。

她大大嘆了一口氣，到冰箱拿一罐啤酒，點起一根煙……心情漸漸平復。

「我與家人的和解在哪裡？」

沙漏跑了一會兒，彈出一個「沒有任何結果」的小視窗，是她沒見過的。忽然感到鼻酸。「願意無條件、永遠愛我的那位」，她有些緊張的按下「確定搜尋」。隨著沙漏停止轉動，畫面放大到鄰區某街某號，她的心一陣狂跳，點進地圖跳出「愛心動物收容所」字樣。難道是裡頭的帥哥志工？她放大再放大……可是免費版本的APP只有單色線條圖。她毫不猶豫立即找出加購選項，買了付費彩色版，畫面變成全彩衛星影像。按下重新顯示，再放大座標處，雖然像素不高，但至少看得清楚，那不是人，是一頭黑色的短毛狗。她放下手機陷入沉思。

考慮了一夜，翌日她決定去把黑狗領養回家。

一天48小時

客觀上的時間與感受上的時間大不同，例如在廁所裡或外，例如進行中的事情你愛還是不愛。

「毛毛！我要做的事情太多了！可不可以給我一天四十八小時?!」

在家加班至深夜的女子向她的灰色長毛貓求救。

貓咪毛毛說：「怎麼可以呢，地球上大家都是一天二十四小時，很難只給妳一個人四十八小時啦。」

「可以啦，你有辦法的啦！你看我很知足啊，我不祈求不用工作，只盼望時間多一些，幫幫我嘛！漂亮聰明的乖貓毛毛！」女子撒嬌的說。

毛毛覺得很煩，自從女子發現牠能以腦電波連結宇宙的超能力，便一直把牠當萬能許願池，提過上百個請求。有些毛毛覺得不錯，對自己也有利，例如把隔壁討厭的鄰居趕走、中發票、叫週末迎面而來的颱風轉向等。牠向外星發出訊號，有些確實成真了。這一次，毛毛想，要是她能多出一倍時間，或許更有餘暇清潔家居、弄食物給牠吃，似乎也不錯。好吧，姑且試試。

「宇宙啊！是我，漂亮聰明的乖貓毛毛！請求你！無論用什麼方法都好，從明天開始給她一天四十八小時吧！直到永遠！阿門！」

「直到永遠！阿門！」是毛毛看有線電視「好消息」頻道學來的禱詞。

這天晚上，女子工作到凌晨三點才睡，第二天鬧鐘如常的在七點響起，她被鈴聲嚇得跳起，平日她通常會賴床十分鐘，但今天卻莫名感到焦慮，一下子就起床，立刻衝到浴室刷牙洗臉，打開衣櫥搭配衣服，匆匆化妝、收拾包包……但最後也不忘倒一大碗貓乾糧和新鮮水給毛毛，才出門上班。

進了電梯，她看了手機一眼。怎麼才七點十五分？一直以來最快也要七點半，今天只花了一半的時間。

晚上八點，女子拎著巷口買來的滷味回到家，其實一進門她就累歪在沙發上，根本沒胃口。貓咪毛毛優雅無聲的走過來，女子打起精神一把抱住愛貓。

「毛毛，我今天好累好累，累死了！」說著把臉埋進貓毛裡蹭，「我一整天心悸到現在，坐立不安，做什麼都很急躁，好像喝了兩打蠻牛那麼亢奮！我是不是生病了？是不是心律不整？我會死嗎？」

毛毛輕搖尾巴，忍耐著女子的嘮叨。

「但莫名的亢奮也有好處，讓我很快完成一大堆工作，下午四點就把手上的事處理完畢了！可是你知道經理多可惡嗎，發現我沒事了，又額外派給我新工作！我就像女超人趕啊趕，效率超高！七點多就可以下班了，難得的早，可是感覺好累好累啊……」

毛毛似乎察覺了什麼，便問：「妳是否做事速度也快了一倍？」

女子想一想：「好像是耶，我很厲害喔！」毛毛欲言又止，女子又繼續訴苦：「不過，我今天也好可憐！好倒楣！錯過公車得等下一班，到了公司肚子痛但廁所剛好維修，急死了！然後午餐時發現大姨媽弄髒了洋裝！好丟臉！一路用包包遮遮掩掩回公司，沒想到在電梯和大老闆碰個正著！那短短一程電梯簡直度秒如年，還有他一定覺得我這人慌慌張張的很不大器！我完蛋了，毛毛！」說著又把頭靠在貓背上磨蹭。

咀嚼著女子說的「效率快一倍」、「度秒如年」，毛毛恍然大悟。「原來是用焦慮以至於效率超高和心靈煎熬度日如年這兩招，讓她在加速與怠速之間，實現一天48小時的感覺！」

女子在牠身邊快睡著了，但仍迷迷糊糊的說：「毛毛……我想要有雙倍的體力，你幫幫我，給我雙倍的精力過日子好不好？再這樣下去，我快不行了……」

毛毛心疼的說：「妳啊……我看還是不要亂許願的好。」隨即嘆了一聲，坐上女子的肚皮為她保暖，並發出呼嚕呼嚕震動聲，哄她入睡。

你剩幾%電

時常記得要幫手機充電，卻經常把自己用到透支。

「錢包、鑰匙、太陽眼鏡、手機……」出門前她檢查了該帶的東西。都齊了，手機電量100%，應該足夠一整天。

等公車的時候，和大部分的人一樣，她也拿出手機看臉書；車來了，找到靠窗的位置，坐下來，和朋友LINE、玩消糖果遊戲、Google一些有的沒的，直到下車。

手機右上角顯示電源88%。

站在陌生的街角，打開手機地圖 app 輸入地址，沿著箭頭指示前往目的地。衛星定位的地圖最耗電了，大太陽底下還得把螢幕調到最亮才看得見，幸好還有 80% 多，她毫無壓力地一直亮著手機引路。

到達第一個目的地，辦了該辦的事，輸入下一個地址。電源還有 70%，仍算安全，但她換成自己記憶的模式，關上手機。

慕名來到這家咖啡店，她點了輕食和飲料。餐點看起來很美味，下意識的和食物自拍了十來張照片，選了最瘦最美的上傳給朋友後，一邊吃一邊看趣味新聞，偶爾又點進廣告頁面，瀏覽了網路櫥窗，盤算著要不要添置新的彩妝？這件洋裝適合我嗎？收件匣進來新的公事電郵，忍不住立即回了信。

電源來到只剩 45%。

「從現在開始，只能用在刀口上了。」她暗自嘀咕。不巧的是，她接下來迷路了，不得不打開地圖 app 研究。再去了兩三個該去的地方，電力毫不留情的剩下 20%。她有點焦慮起來，但安慰自己已經回程了，算是剛剛好吧？

搭上回家的車，她稍感安心。車窗外，黃昏的景色瑰麗迷人，她猶豫著該不該用完最後的電量拍照。「管他的！難得的風景也計較的話，手機又是用來做什麼?!」於是，豪氣的拿起手機接連拍下好些照片。她滿意地微笑。

電量直逼 10%。她還是不由得緊張，因為有經驗的人都知道，個位數之後很可能就是隨時急轉直下、自動關機，而萬一有緊急來電？自己不小心出意外？……

「不怕不怕，下一站就到家了。」

終於踏入家門，心頭大石放下。5% 也不用怕了。

但這起伏跌宕的心情，不禁讓她感慨：「手機餘電不到一半，就緊張擔憂成這樣，換成自己的生命呢？若能活到 70 歲，我今年 38，此生的日子也只剩 45％。自己可曾為著 45％ 餘生擔憂？」想著想著當真一陣焦慮。

或許這就是人家說的中年危機。

心虛廣告套餐

一般人無感的巨大標語，可能每天都在刺激某些人的痛處。

「小姐您好，請問怎麼稱呼？」

「叫我陳太太就好。」

「陳太太，有什麼可以為您服務？」

「我去年和先生在美國閃電結婚，隨後回來台灣定居，才剛剛慶祝一週年紀念，卻發現我老公出軌……」女子說著哽咽了起來。

徵信員一聽，職業鑑識眼立刻啟動，這女人，美國籍、打扮中產，應該可以海撈一筆：「陳太太不用傷心，我們一定竭誠為您服務，替您出一口氣！從現在開始，您不需要孤軍作戰，讓我們為您打前鋒、做靠山！守護你的權益，幫你擊退第三者，奪回你應得的一切！」

女人聽得出對方的語言極盡煽動，不禁為來此一趟感到些許懷疑。

徵信員見她猶豫，覺得更要加油添火：「外遇的男人通常千方百計隱瞞，我們可以替您揭穿所有謊言！不想再活在謊言，抓姦在床就是遏止外遇的最佳方法！證據確鑿，他們就沒有回頭路！」

「沒有回頭路?!」女人差點從椅子上彈起來。

徵信員趕忙解釋：「啊，我是說把他們骯髒的孽緣砍斷！讓陳先生知道，辜負髮妻是社會和法律不允許的！他就會覺悟、乖乖回到陳太太您身邊。」

女人問：「你們會怎麼做？」

「筆錄、拍照、錄影、收集單據，全面蒐證！讓您不再被蒙在鼓裡！」依照過往的經驗，通常說到這裡，客戶的眼神就會燃起熊熊的戰鬥與勝利火光，也代表這宗生意八成成交了，可是眼前的陳太太卻一副面有難色。

「這樣真的好嗎？」她似乎在問對方，但更像是問自己。「人其實有變心的權力，他若不再愛我，找人查他逼他，這麼強求會不會太難看了？最後，淪落到一點自尊也沒有……我為什麼會來找你們……」接著突然掩面大哭。

最怕遇到這種所謂思想開明、受西方個人主義薰陶、講求平權的客戶了！看來不會是什麼痛快的大生意，徵信員暗自嘆了口氣，從抽屜深處挖出塵封多時的「心虛廣告套餐」資料夾，決定最後一搏：「陳太太您真是高貴、溫柔又厚道。若您不忍心查探細節，這裡還有一個很適合您的，保證不傷感情的妙計。容我為您介紹一下好嗎？」

陳太太噙著淚，點點頭。

徵信員感覺很受鼓勵：「首先，我們會調查陳先生與外遇對象經常出沒的地方，買下周邊顯眼的廣告燈箱，刊登我們的徵信廣告。尤其女方住所和公司附近特別密集，讓她不管上下班、出門或回家都無法視而不見。請相信我們的經驗，偷情的人就是賊，作賊一定心虛！即使她不願知難而退，諒她此後也不敢明目張膽！如果您願意再加一點費用，我們還可以派人在附近徘徊，故意被她發現，讓她更加提心吊膽，受盡精神折磨。」徵信員說完，由衷讚佩老闆當初想出這個點子，為客人服務兼打廣告，一石二鳥。

陳太太想起那些豎立在公路旁的徵信社廣告，斗大強勢的字眼「外遇」、「抓姦」，怵目驚心，或許小三看到真會心生警惕，發揮嚇阻作用也說不定，至少可以嚇嚇他們。

「嗯，我確實是因為看到你們的廣告才找到這裡來的。」

徵信員連忙高興的附和：「對啊！這我們可是找專人設計的！」

他們談妥細節，陳太太同意購買二十個巨型燈箱一季廣告。

一星期後的某天，陳先生說晚上要回家吃飯，有事情想談談。陳太太整日裡時而悲傷時而不安，料準老公是要跟她攤牌——離婚，和新歡廝守終身。

當晚，面對一桌冷掉的菜，他們誰也沒胃口。

終於，先生深深吸了口氣，說：「對不起，我欺騙了妳。早在我們結婚之前，其實我已經有了妻子……」見女人目瞪口呆，他連忙解釋：「我跟她沒有感情的！我愛的是妳！只是……公司有過半股份屬於她，她手上又有人脈，她若翻臉，我的事業就會毀於一旦。」

女人儘管傷心，卻又為男人終究選擇的是她，感到莫大安慰。

「那你為什麼忽然要告訴我真相呢？」

男人說起近日上下班總會路過無數抓姦廣告，忍不住摀著臉，說：「我受不了啦，我良心不安，覺得太對不起妳！我快要崩潰了！求妳原諒我好嗎？我對妳是真心的。」說完又緊緊握住她冰冷纖細的雙手。

她忽然想到八點檔的戲碼。「那個她……她住在哪裡？會不會帶人找上門……打我？」

男人倒是不敢坦言正室就住在隔著兩條街外的社區。「絕對不會！她住在很遠很遠的那一邊，而且我絕不會讓她發現這個家的存在，我發誓會好好保護妳！給我三年時間，我會想辦法離婚，光明正大和妳在一起！」

一星期後，女人決定分手。因為這期間無論上街、買菜、上瑜伽等等日常瑣事，總會在附近密集地看到徵信社的巨型廣告，十幾二十個斗大強勢的「外遇」、「抓姦」，令人怵目驚心……而現在，她正是那個小三。

時光機

雖然同在當下，但有些人活在將來，有些人活在過去。

博士花了十五年心血終於完成這台時光機，環保節能，不需電不需油，只需轉換使用者本身的情緒能量即可運作。

但這項劃時代的偉大發明，並未為他贏得該年度最高的世界發明獎。他心有不甘去信評委會理論，不久，收到了以下的回覆：

「閣下創製的時光機器，在研發上的確教人驚艷。可時光隧道倒退的燃料是『後悔』，前進的動能是『好奇』。心有悔恨的時光旅人只能往後

退，無力抵達未來；健忘的旅人則只能往前，無法回頭。上述的操作原則，近乎與世間現狀無異，毫不稀奇。換言之，人類本身已具足這樣一台時光機的性能，何需再畫蛇添足。」

網路烏托邦

如果所有發言都將得不到任何回應，你還想說的會是什麼？

一切得從嫉妒說起。

一群自認具有實力又用心的網路社群經營者，不解為何別人動輒擁有幾十萬粉絲，自己卻始終乏人問津，深感制度與人心不公，於是策劃了一項網路清洗行動，誓言打破這種關注懸殊的局面。

他們僱用工程師駭入臉書總部，大舉將全球十六億用戶的個人及專頁累計的讚數和留言刪除，並取消往後按讚與回應的功能，轉貼的外部網頁再也錄不到任何流量。

如此一來，由於推廣與引流成效不彰，抱持投機心態的內容農場率先絕跡；新聞網站無從計算點閱率，減少了記者與編輯的壓力，網路新聞標題不再譁眾、誤導，變得老實許多。

至於個人用戶，寂寞魯蛇與網路紅人同樣無人回應、無人按讚，也無從比較，社交平台的酸溜與戾氣因此銳減。有些人發文變得更真心，但有些人則因為不再畏懼白眼或冷落，更加肆無忌憚。

曾經因為按讚的多寡而失落或驕傲的人，再也沒有外在指標，只能回歸自身的信心。網路上的成與敗、貴或賤全憑自信。

EGO

回收夢想

「夢想」是既無價同時又一文不值的概念。

這城市的資源回收成效卓越，基本的紙類、塑膠、金屬、廚餘最後都物盡其用，循環再造，毫不浪費。

於是，必須年年再創佳績的年度會議上，環境保護署各部門費盡思量，希望能推出新的回收項目。

好不容易，終於有人提議了。

「『夢想』，怎麼樣？我們來回收夢想！全城回收箱再增一個，漆著

彩色『Dreams 夢想』字樣。讓民眾把過期的、發霉的夢想丟進箱內、回收。譬如舉行夢幻盛大的婚禮，成為總統、棒球國手、國際巨星，拯救世界，飛到太空旅行，擁有真的小叮噹……回收場則使用壓縮機把這些被丟棄的夢想壓成粉，再經加工消毒，包裝，送到食品藥物管理局，由他們負責添加維生素、DHA、EPA 和 Omega-3，製作成維他命丸分發給全國小學生服用，讓一樣的夢想，世世代代循環，夢想永遠是夢想，毫不浪費。」

在場眾人紛紛拍手叫好。

仿神學院

從來沒人保證擁有「天賦」的事情就不會失敗。

或許這就是仙境，看不到邊際，感受不到冷或熱、明或暗，因為太舒適所以無感。數不清的身影，一個個聚精會神於自己手上的作業，他們沉迷、專注，時間似乎沒有流動。

他們正在製作人形，骨架一點一滴添上血肉，然後捏出不同個性與氣質的人。成形後故意以工具畫出一道傷疤、磨出些微缺憾，讓作品更逼真。完成數個人形再做場景，一組接一組，樂此不疲。他們一個個揮灑自如，不知是練習過千萬遍，或純然是天分。他們是仿神學院的學徒，正在修煉憑空捏造不同人物與場景的本領。學徒若能通過院方考核、順利畢業，便會降臨人世，成為創作故事刻劃人性的高手。

仿神學院的畢業生來到人間，很多活躍於電影圈、劇場界，或成為小說家和藝術家。即使隱身於各行各業各階層，他們從小也是友儕間受歡迎的人物，就連說尋常八卦也特別動聽，聽眾毫不介意故事的真實成份有多少。

乍看這群畢業生彷彿天之驕子，卻也不無掙扎，因為墜下塵寰的過程極度耗損，他們往往要花很長一段時間在模糊中摸索，才意識到自己來這一趟的目的，是當個說故事的人。也有因為現實的因素，像是文化氣氛、家庭教育，引致個人的不安全感與自我質疑，而埋沒了天賦，成為一個木然默然的人，一生像被無形的塑膠膜包裹著，不明白揮之不去的缺氧感是何原因。

實在是難，學院沒有 T-Shirt、咖啡杯、校徽徽章，也沒有畢業證明書，沒有一個學徒在人世間記得曾經在仿神學院修練過。勇敢闖進創作圈的學徒，一鳴驚人的寥寥可數，更多往往奮鬥二三十年，仍在創作路上徘徊，懷疑自己是否真有天分和命數足以觸動人心、征服市場。

即使現在切切實實的說，你是仿神學院的其中一員，你也未必敢相信，甚至大力否認，是吧？

不過，隱隱之中如果還有線索，至少你不會緊接著脫口而問：就算是又怎樣？當一個說故事的人很高貴嗎？可以付賬單？可以當飯吃嗎？

圓滿圖書館

所有的遺憾，或許都只是剛好。

曾經輝煌鼎盛的古堡，到這代只剩下他一人。他不覺得絕後有何可惜，已安排信託公司在他過世後捐獻一切。現在他只剩下一件事情。但他今夜不想開始，明天吧。今夜，他到深愛的圖書室，朗讀與他靈魂相交了半世紀的經典名著，與故事中的悲劇英雄一起激動落淚，在成千上百的嗚咽中入睡，當作最後一次纏綿。

黎明到來，他堅定地起床梳洗更衣吃早點，然後到書房用鑰匙和密碼打開保險箱，慎重地取出銀匣放進口袋。

回到圖書室，端坐書桌前，確認鋼筆吸飽了墨，便打開銀匣。裡面是一塊橡皮擦。他用手指掃過身旁的書架，取下一本精裝硬皮書，柔聲的說：「從你開始，好嗎？命運沒有給你翻身的機會，現在我來讓你圓滿，不用痛苦流淚到永恆。」

把書翻到最後三十頁，他用特製的橡皮擦，擦掉故事的悲慘結局，己改寫成快樂的一幕。接下來的每一天，他謹守紀律早起早睡，三餐定時，每隔工作幾小時便做做簡單的伸展，只為了把一本本經典悲劇改得幸福圓滿，讓慘死的角色得以快樂活下去、分離的情人再相逢、分裂的國土恢復完整。每本讓他改寫過的名著，再也不悲鳴哭泣。數月過去，終於整個圖書館的藏書都告安息，他自覺人生再無牽掛，不久便撒手塵寰，安心的死去。

終究讓他等到這天，來到天上，可望與他愛慕的作家們共聚。他到處跟別的靈魂打聽，「莎士比亞在哪裡？艾斯奇勒斯呢？索發克里斯呢？易卜生呢？」卻找不到半點蹤影。最後一個和善的資深靈魂跟他說：「我們這裡是幸福圓滿區，只有毫無遺憾死去的人，靈魂才會到達這裡。也許你要找的朋友在另一個殘念遺恨區吧。」

得知真相讓他扼腕，覺得自己真是死錯了，只好又去投胎，再當一輩子愛書人，並牢牢記住這一次要讓自己在悲劇中遺憾到死，才算圓滿。

最後的照片

如果手機裡的相簿是我們的圖像自傳，最好每一張都能見人又對得起自己。

自從智慧型手機普及，照片濫拍日益失控，「數碼記憶體管理聯盟」勒令，從今以後每人每年限拍十張，並且為著鼓勵大家慎重拍攝，當事人所拍的最後一張照片，將自動成為他們的遺照。由於死亡很多時候突如其來，於是遺照也變得多元。

我在殯儀館工作，從前氣氛總是肅穆莊嚴，但自從新政上路，往生者親友之間的凝重氣氛減少了，我每天上班也增添了不少趣味。

今天巡視一號靈堂，看到遺照是張小孩照片，正感嘆小朋友來不及長大就過世，卻發覺花牌寫著「福壽全歸」。原來死者是小朋友的祖父，他手機裡沒有自己的照片，全都是寶貝孫子。孫子本人和父母正坐在遺照前面，顯得相當詭異。年長的賓客反而自在：「這樣也好，老趙常說孫子長得像自己。」「對啊，總比隔壁那人用貓照片好！」

走到二號靈堂，照片是一隻胖花貓，在燦爛陽光下伸懶腰。賓客說：「真是貓癡貓奴啊她！整個相簿沒有自己，只有貓……」

再往前到三號靈堂，大堂中央掛著一幅巨大的北極光照片，真美真浩瀚，讓人感覺死者已經到達天堂。

四號靈堂終於有一張往生者本人的照片，但也不見得比較適合……那是誇張的高角度自拍照，單眼嘟嘴擠奶比勝利手勢，最叫人尷尬的是她穿著很暴露而且半透明，在場的親友都不知該把視線往哪裡放才好。

五號靈堂的遺照是一鍋滾燙冒煙的深紅麻辣鍋，周邊放滿雪花肥牛、海鮮、啤酒，推想死者有吃個痛快，與朋友盡歡了才上路吧。六號靈堂的照片使用濾鏡頗有文青味，咖啡廳的一角，深色木頭桌上有一碟蛋糕、一杯黑咖啡，還有一本書入鏡，隱約看到《有些事情現在不做……》餘下的書名看不清，我暗自接下去：「以後都不用做了。」

不過這些都還不算怪，我還見過一片壁癌、浮著蟑螂的泡麵、剛剛拔完罐的裸背、近拍的噁心灰指甲……所以大家真的要慎拍，以免造成自己身後和親友的不安。

你的相簿裡最後一張照片會是什麼呢？

心是這樣老的

「要聽從你的心」，但心可能早已無話可說。

手：「好想他牽我啊。」

身體：「我也想念他的觸摸。」

心：「不行啦，我們說好的嘛，他一天未道歉，就不能給他好臉色。

屁股和腿，我禁止你們接近他！」

屁股：「知道了，我也不想動。我陪心，心很累。」

心：「是的，我又灰又酸又累。」

臉：「有時候我想，錯在我皮薄，害大家掙扎受苦。」

心：「臉，別這麼說，我真的捨不得讓你熱情去貼別人的冷屁股。每次你這麼做，我都覺得快要碎成一片片。」

嘴巴：「如果我伶俐一點、快一點，也許很多情況下可以保護大家，臉就不用像死灰……」

心：「別再講了，我真的好累。想要的總是得不到，現在連想的力氣也沒有，我可能快死了。」

腦袋忽然醒來，對心說：「你這一次真的要死了嗎？你要死我就得出來接管。但我記得過去很多次，你奄奄一息卻又活過來，我還以為你對這個人注定沒轍了。說真的，如果你死，我有很多事情要趕快準備！想到要分手、找地方搬家、向親友交代，還要減肥、整理自己的外表，重新投入求偶市場……想到這裡我就好亂好煩，好重好痛。心啊，你還是撐著好不好？我算來算去，要是你能轉個念，原諒他，是最省事的。只要你願意，我們大家一起配合。」

眾聲：「對啊，心，多年以來，無論歷經多少波折，路途多崎嶇，我們終究都跟隨你的。」

心：「……好，謝謝你們。」

再次被拱來為人生負責，心陷入長考，欲哭無淚，彷彿又蒼老了十歲。

寂寞詩人

動人的文字，就像蚌含養珍珠，原本都是沙礫。

我感到寂寞。分析自己寂寞的原因，很可能是因為長久以來只發揮理科資優生的頭腦，完全無視感性和脆弱的一面，不習慣表達自我以及和人際的感情連結。我想，藉著學習寫作抒發感情也許會有幫助。如果我想寫詩，是否太妄想？管他的，廣告說只需簡單的手術就能成為各類文字創作者，不妨姑且一試。

循著DM上的地址來到「繆思文學中心」。

「你想成為哪一類的文字創作者？」像是老師的斯文男子問。

「我想成為詩人……可以嗎？」我心虛的說。

「可以啊，專為詩人設計的手術最簡單了。」

「真的嗎?!那太好了！」我喜出望外。

「你想要每一句話都讓人回味再三？想要連隱藏未說的也讓人細想揣摩？是這樣嗎？」他每說一句我就用力點個頭。其實自己連詩也看不懂，只覺得能成為詩人就是酷。

他帶我到一個窄小封閉的白色房間，中央有一台像是磁力共振的機器，示意我躺上小床，頭部放在小隧道裡。

「一旦成為詩人就無法回頭，你確定了嗎？」

我鼓起勇氣說：「是！」

於是男子轉身進控制室。

機器啟動，我乖乖閉眼躺著，感到小床前後移動，載我穿過小隧道三次才停下來。

斯文男子進來說：「恭喜你，你已成為詩人。」

我想回答，張嘴卻說不出半個字，只能光瞪著眼睛。

男子說：「詩就是這樣，只有最準確的意思、最精鍊的文字才說得出口。如果張口無言，代表還需要醞釀，等思緒濃縮到一定程度，就能吐出句子來。」

我滿頭大汗，用力想說些什麼，終究還是沒有聲音。男子一邊送我到大門一邊安慰：「別怕，耐心的等，總有能夠傾心吐意的一天。到時候一定是擲地有聲、充滿餘韻的句子。」他把我推出門外，就在門關上的當兒又從門縫說：「忘了提醒你，世界上詩的愛好者不多，能跟詩人產生共鳴的更少，你的創作路可能會很寂寞喔！」

懷疑狙擊手

是誰下的毒手，讓晚上想到的好念頭，早上醒來卻覺得荒謬。

「報告隊長！昨晚他睡前洗澡時，想到幾個創作新點子！打算明天起來便著手執行！」狙擊手A說。

「報告隊長！我這個昨晚失眠，居然半夜三更爬起來，打開筆電劈劈啪啪寫了一萬字！寫到又笑又哭，天快亮才去睡。」狙擊手B說。

「報告隊長！我那個躺在床上胡思亂想，忽然熱血上湧，打算跟暗戀對象示愛！還有，覺得受夠了，決定下次老闆再欺壓他便翻桌辭職！真不知哪來的自信……」狙擊手C說。

隊長說：「早就跟你們說，要提防人們睡不著或洗澡時的靈機一閃，所謂的真我時刻！

「A，你在他早上轉醒之前，務必射破他的新點子，並說服他的理智，他洗澡時想到的主意超蠢，根本不可行，沒有人會欣賞，完全不值一試。

「B，趁你那個中午起床前，打開他的文稿檔案，修改到誇張濫情、邏輯不通，讓他重看時為自己寫的鬼東西羞愧、無地自容！順道告誡他的記憶，讓他相信半夜寫的文章都不能見人，將來也萬萬不可寫完立即投寄或發表。

「C，你要讓他相信自己沒本錢也沒本事冒險。他不會有任何好運氣。並協助他預想失敗的種種可怕後果，越嚇人越好。叫他甘心認命，放棄爭取。」

狙擊手們應命，各自為獵槍裝上「懷疑」子彈，預備擊破當事人每一個大大小小的創意、真心與夢想。

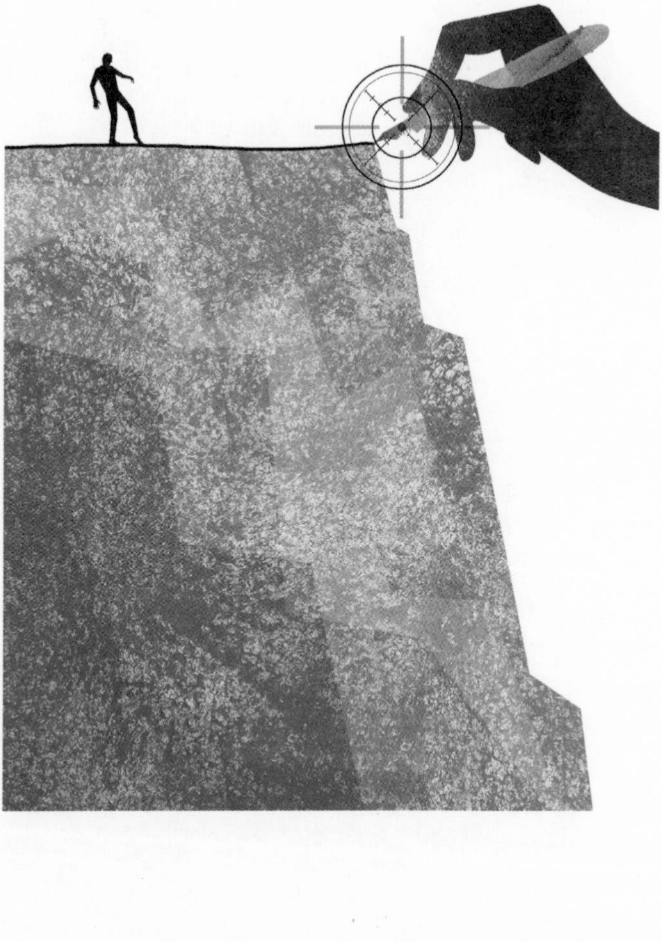

國家圖書館出版品預行編目(CIP)資料
黑的扭蛋機 / Emily 著. -- 初版. --
臺北市 : 大塊文化, 2017.02
面 ; 公分. -- (Catch ; 225)
ISBN 978-986-213-772-7(平裝)

855 105024549

LOCUS

LOCUS